Auf gut Schwäbisch

En dr Schul

Auf gut Schwäbisch

En dr Schul

Für Einheimische und Reigschmeckte

Mit Illustrationen von
Peter Ruge

STUTTGARTER NACHRICHTEN
belser

FI...FA
FERIA!

NOI, NOI
I BLEIB BESSER STANDA
WENN I SIIZA BLEIB,
GIBT'S DE RANZA VOLL,
HOT MEI BABA G'SAGT!

En dr Schul …

… sen mr älle mol gwäa. Deshalb können bei diesem Thema auch alle mitschwätzen. Und das tun auch viele. Beeindruckend viele! Dem Zeitungsaufruf, uns Schulgeschichten zu schicken, sind Fans und Autoren unserer seit 2009 täglich erscheinenden Dialektserie „Auf gut Schwäbisch" in großer Zahl gefolgt. Das Ergebnis ist hier zu besichtigen. Auf den folgenden 128 Seiten erwartet Sie, liebe Leserinnen, liebe Leser, eine Auswahl an authentischen Schulgeschichten. Wir danken allen Einsendern, dass Sie Ihre Erlebnisse mit uns und einer großen Leserschaft teilen.

Dies umso mehr, als es sich um sehr persönliche Geschichten handelt, die überwiegend heiter, teils aber auch sehr nachdenklich stimmen. Die alte Zeit war nämlich nicht nur gut. Sie war vermutlich nicht mal besser. Allerdings auch nicht schlechter. Sie war anders. Das drückt sich gerade dort aus, wo Vieles seinen Anfang nimmt – „en dr Schul". Mit dieser Zeit verbinden die „Auf gut Schwäbisch"-Autoren liebenswerte Begebenheiten, aber auch schmerzhafte Erinnerungen – etwa an die berüchtigten „Datzen" und andere körperliche Züchtigungen. Vieles davon wäre heute – zum Glück – undenkbar, Anderes ist leider verloren gegangen. Zu Letzterem zählt die Mundart, die Schülern bis vor nicht allzu langer Zeit richtiggehend ausgetrieben wurde. Heute weiß man, dass das ein Fehler war. Dialekt ist kein Handicap. Im Gegenteil: er bereichert das Sprachvermögen. Mehrsprachigkeit beginnt nicht mit Englisch, sondern mit dem Dialekt. Glücklicherweise gibt es Initiativen wie „Mundart in der Schule" des Vereins schwäbische mund.art, die darauf engagiert hinweisen - und erfreulicherweise gehört und verstanden werden. Der vorliegende Band ist der siebte in der „Auf gut Schwäbisch"-Reihe. Wir freuen uns, dass wir ihn wiederum gemeinsam mit dem Stuttgarter Belser-Verlag realisieren konnten – und mit Peter Ruge, unserem hoch geschätzten „Auf gut Schwäbisch"-Illustrator, der mit seinen gezeichneten Anekdoten dazu beiträgt, dass Schwäbisch wieder Schule macht. Viel Vergnügen bei der Lektüre und beim Betrachten wünschen

Christoph Reisinger
Chefredakteur

Jan Sellner
Ressortleiter Lokales

So isch's en dr Schul gwäa

Wie's früher en dr Schul gwäa isch? Des glaubt oim heut koiner meh! Vor allem die Lehrer send ebber gwäa: Respektspersona! Bei manchem Lehrer frogt mr sich worom? Aber so isch's halt gwäa.

I be an Schwob

Erika Jahn weist darauf hin, dass Schwäbisch an Schulen lange Zeit verpönt war:

Unser Sohn hatte 1975 in der 1. Klasse in Ostfildern Ruit eine Lehrerin, die darauf bestand, dass alle Kinder in der Schule nach der Schrift sprechen. Eines Abends rief sie mich an und sagte: „Stellen Sie sich vor, was heute in der Schule passiert ist!" „Ja, was denn?" „Ich habe Ihren Sohn heute wieder darauf aufmerksam machen müssen, dass er in der Schule Hochdeutsch reden muss. Aber er macht es einfach nicht. Er hat sich vor mich hingestellt und hat gesagt: ‚Sia könnat macha, was Sia wellet, i ben a Schwob ond i schwätz Schwabisch.'" Die Lehrerin war empört und bestand darauf: „Die Kinder müssen das in der Schule lernen, wo sollen sie es denn sonst lernen?" Ich habe der Lehrerin damals nur gesagt: „Ach, lasset se doch den Bua Schwäbisch schwätza – ens Hochdeutsche kommt er scho no nei." Nach dem Telefonat hatten wir Ruhe!

Nachhilfe für den Lehrer

Wir, Jahrgang 44, 45, 46, hatten in den oberen Klassen einen Lehrer, der Hochdeutsch sprach und mit unserem Schwäbisch nicht einverstanden war, erinnert sich Ursula Wamsler aus Waldstetten. Dieser ermahnte uns immer, nicht so breit Schwäbisch zu sprechen, er könne uns sonst nicht verstehen.

Eines Tages erhob sich eine Mitschülerin, die sich was traute, und sagte: „No miesat Siea halt Schwäbisch schwätza lerna, no verstanded Siea ons au besser, mir schwätzat, so wia ons dr Schnabel gwachsa isch." Ond des isch bis heit so blieba au no nach Jahrzehnten.

Unterricht auf Schwäbisch

Es ging auch anders. Hanno Schlusnus aus Gäufelden erzählt: Als ich vor gut sechzig Jahren in der damaligen Wirtschaftsoberschule in Göppingen die Schulbank drückte, hatten wir einen Klassenlehrer namens Pfeiffle, der auch als Gemeinderat in Göppingen tätig war. Er war ein urschwäbisches Unikum, der den Unterricht in reinem Schwäbisch abhielt. Dabei kann ich mich an bestimmte Ausdrücke erinnern, die er gebrauchte, wenn ihm ein Schüler etwas träge gegenüber stand: „Was bisch Du au fir ein weidager Trialer!" oder: „He Du Loale, wia sieht's aus?" Oder noch schlimmer: „Du bischt a reachter Loalabepp!"

Ein prägendes Erlebnis

Friedrich Mundle aus Döffingen erzählt diese kuriose Geschichte:

„Die Patentante (Döte) meiner Frau weigerte sich kurz nach unserer Hochzeit, unsere Einladung zu einem gemütlichen Abend anzunehmen. Der Grund für ihre Ablehnung – wir haben es erst später erfahren – war: Im zweiten Schuljahr saßen meine Mutter und mein Vater ‚erschd', die Tante ‚letzdschd' in der Klasse, obwohl sie ein Jahr früher eingeschult worden war. Damals saßen die guten Schüler vorne, die weniger guten hinten. Das ärgerte meine Tante jahrelang. Später folgte sie unserer Einladung dann doch, wohl weil ihr Mann sie dazu bewegt hat. Es wurde ein schöner Abend. Sie soll anschließend gesagt haben: ‚Mit deane (meinen Eltern) kaaschd erschd no schwätza!'"

Die Spitzguck

Diese schöne Anekdote verdanken wir Wolfgang Kudlich aus Nürtingen:

In Geometrie fragte der Mathematiklehrer die Klasse nach einem Beispiel aus dem täglichen Leben, wo die geometrische Figur, das Dreieck, Anwendung findet. Die Antwort einer Mitschülerin meiner Mutter kam wie aus der Pistole geschossen: „Bei dr Spitzguck." Gemeint war eine Dreieckstüte aus Papier, die es früher regelmäßig auf dem Markt und in den Läden gab – heute sieht man sie kaum noch. Der Lehrer war wohl kein ausgewiesener Schwabe und sah die Schülerin fragend an, worauf die auch gleich die in gestochenem Schriftdeutsch formulierte Übersetzung nachlieferte: „Ha, eine spitzige Kucke!". Die Klasse lachte herzlich, ob's dem Lehrer danach viel klarer war, ist nicht überliefert.

Hochdeutsch rechnen

Von einem nachhaltigen Lehrer-Erlebnis berichtet Peter Stantscheff aus Wiernsheim:

Einschneidend war der Wechsel von der Volksschule ins Gymnasium. Zuvor war alles etwas lockerer. Bisher hatten wir Rechnen, jetzt ging es um Mathematik. Mein Mathematiklehrer war auf der einen Seite sehr einfühlsam, indem er uns auf Schwäbisch sagte, dass er ons helfa däd. „I ben eier Babbe“ (Vater), pflegte er zu sagen: „Ihr derfed mi älles froga!“ Doch in seiner Brust schlugen offensichtlich zwei Herzen. Das verständnisvolle schwäbische, aber auch das eines „Oberlehrers“. Das zeigte sich, als ich an der Tafel stand und Rechenübungen machen musste, bzw. Mathematikaufgaben zu lösen hatte. Einmal sollte ich von einer größeren Zahl verschiedene kleinere Summen abziehen. In gewohntem Schwäbisch erklärte ich locker: „Do den mer jzd des abziage, ond no kommd des raus.“ Da schaute mich der Lehrer entsetzt an, und sagte: „‚den mer‘ gibt's en der Mathematik net!“ Zur Bekräftigung fügte er hinzu: „Was den mer jezd? Jezd den mer d'Fiaß weh!“ Von da an war für mich klar: Schwäbisch schwätza, aber Hochdeutsch rechnen!

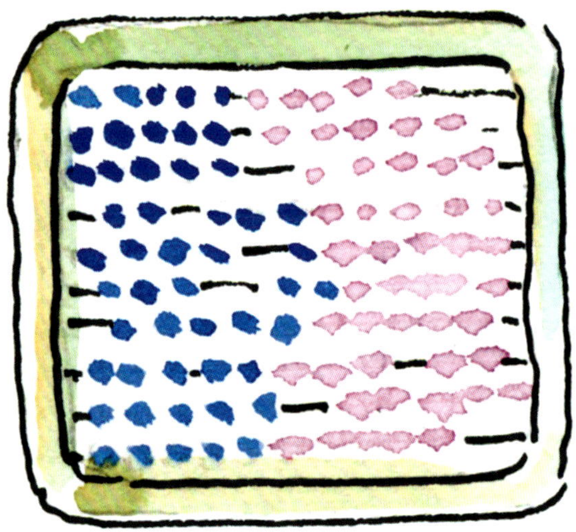

Berufswunsch begaxel

Aus Nürtingen meldet sich Wolfgang Schmid mit dieser schönen Schulgeschichte:

In der vierten Grundschulklasse wollte der Lehrer von uns wissen, was wir einmal zu werden gedachten. Wir sollten das in einem kleinen Aufsatz zu Papier bringen. Einer unserer Mitschüler, dr Karle, schrieb ein einziges Wort auf seinen Bogen: „begaxel". Der Lehrer wusste damit überhaupt nichts anzufangen, holte den Karle deswegen an die Tafel vor und ließ ihn das Wort nochmals schreiben, doch es blieb bei „begaxel". Also musste Karle, dessen Begabung sicher mehr im Praktischen als in der Orthografie lag, dem Herrn Lehrer das Wort erklären. Auf seine Frage: „Karle, was moinsch'n do drmit?", antwortete Karle: „Ha, vrschdosch'n des et? I will amol a Beggagsel werda, des haun e dr doch au uffgschrieba." Für Nichtschwaben: Beggagsel ist die schwäbische Form von Bäckergeselle.

Der Kampf gegen den Dialekt

Gunter Schwäble aus Wendlingen ist in Sorge über das Verschwinden des Dialekts:

Die „Kids" sprechen nur noch Hochdeutsch, und auch im Bäckerladen werden schon lange keine Wecken mehr, sondern Brötchen in die Tüte gestopft. Aus isch's mit dr Gugg! Es raubt mir fast den Schlaf, dass ich mich durch Wegschauen und Weghören an diesem Kulturniedergang mitschuldig gemacht habe. Mein Widerstand gegen die Machenschaften eines reigschmeckten Lehrers im Range eines Studienrats war einst einfach zu kraftlos. Der hatte es sich nämlich zur Aufgabe gemacht, seinen Schülern, Abkömmlingen von Eingeborenen der Ostalb, das Schwäbisch abzugewöhnen. Den Herrn Studienrat hatte es infolge der Kriegsereignisse von Berlin in jene Kleinstadt am Rande der Ostalb verschlagen, ein Schicksal, mit dem er täglich aufs Neue intensiv haderte. Als aufrechter Preuße und praktizierender Beherrscher der vollkommendsten aller deutschen Hochsprachen, des Berlinerischen, stand er mit dem unzumutbaren schwäbischen Kauderwelsch, dem er schutzlos ausgeliefert war, heftig auf Kriegsfuß. Ständig lieferte er seinen grinsend lauschenden Zöglingen neue Beweise dafür, dass diese Mund(un)art zur Verständigung unter „eigentlich doch zivilisierten Menschen" völlig ungeeignet sei. Während des Unterrichts übersetzte er jede schwäbische Antwort sofort ins Hochdeutsche, denn er ging wohl davon aus, dass auch die Mitschüler kein Wort verstanden. Sogar unserem Friedrich Schiller flickte er am Zeug, erlaubte sich dieser doch die Unsitte, „eu" auf „ei" zu reimen. „Nee, nee, nee, wissense neee!"

Es konnte gar keinen Zweifel geben: Gegen das „Schwäbische" – eine Zungenvergewaltigung – musste mit aller Macht angegangen werden. Dass unser Pauker zum entscheidenden Schlag gegen das Ostalbgestammel ausholen würde, war allen klar, als er eines Morgen die Tür des Klassenzimmers aufriss, selbige hinter sich zuknallte und mit zornroter Birne zum Katheder stürmte. Wütend feuerte er seine abgewetzte Aktentasche auf den Boden, plumpste auf seinen Stuhl und berichtete anklagend von einer neuen, an Körperverletzung grenzenden Sprachattacke, die er gestern im Milchladen erleiden musste. Dort war ihm ans Ohr gedrungen, dass irgendjemand im Ort einen „Kuchekaschda" verkaufe. Dieses Wort habe er deutlich vernommen, versicherte er glaubwürdig, und deshalb habe er sich nach der Adresse des Verkäufers erkundigt, um sich sofort auf den Weg dorthin zu machen, alldieweil er sich doch rastlos bemühe, seiner Gattin die schwere Last der Haushaltsführung zu erleichtern. Und was, um Himmels Willen, sei ihm anstatt des logischerweise erwarteten Kuchenkastens präsentiert worden? – ein Küchenschrank. Unjlaublich, det Jeschwafel! Ermattet sank der Studienrat in sich zusammen. Der finale Streich gegen die Schwaben im Milchladen und überall im Lande blieb aus. Was wir in unserer Einfalt nicht bemerkten, war der Sprachzersetzungswurm, den der Preuße freigesetzt hatte und der inzwischen die Sprache unserer Väter so gründlich zernagt hat, dass die Teenies heute die „oigana Ähne" nicht als „eigene Oma" deuten, sondern glauben, es handle sich um einen neuen Spieler des VfB Stuttgart, der irgendwo im Ausland aufgegabelt wurde.

Schwaben im Exil

Utz Baitinger aus Stuttgart-Botnang gibt dies zum Besten:

Ende der 1950er-Jahre besuchte ich drei Jahre lang das Goethe-Gymnasium in Frankfurt am Main. Ich, der Stuttgarter, galt in meiner Klasse als Exot; denn an der ganzen Schule gab es außer mir nur noch einen weiteren Schwaben, den Lehrer Rudolf Speck, Sohn des tapferen Funkers Speck, der an Bord des brennenden Luftschiffs „Hindenburg" bei Lakehurst 1937 zu Tode gekommen war. Lehrer Speck stammte aus Friedrichshafen und unterrichtete die Fächer Französisch und Deutsch. Zwischen uns, dem Lehrer und dem Schüler, herrschte stets ein stilles Einverständnis, wie es nur zwischen Schwaben im Exil aufkommt.

Einmal wollte er uns die sogenannte Göttinger Bühnenaussprache beibringen. Er dozierte, das Wort „Weide" spreche man immer gleich aus, mit „dunklem ei", egal ob eine Kuh darauf weide, oder ob es sich um den Strauch am Bach handle. Ich widersprach heftig: „Die Kuh steht auf der Weide mit dunklem ei, der Korbflechter aber braucht die Gerten der Weide mit hellem ei." Damit brachte ich ihn in eine Zwickmühle: Als Schwabe nickte er mir verständnisvoll zu, aber als Lehrer musste er mich zurechtweisen.

Schönschreiben

Äll Woch hot mr früher Schönschreiba ghet, ond wenn's net schee war, hot mr's 20 bis 30 mol nomol schreiba miaßa, erinnert sich Irmgard Abt aus Steinenbronn: Dess isch oim em Kopf ewig blieba. So wia des Biable en dem Versle vom Ernst Keppler:

A Büable schreibt mit Fleiß und Eifer
â ganze Seit vôl noble „i".
Sei Muader sait: „So dês send schöne,
ganz gwia, moarn lobt dr Lehrer di!"

Am andra Dag goht's Karle lustig
en d'Schuel und sitzt âs Plätzle na,
duat Dafel rauf und will se zeiga –
verschrickt und guckt se gspässig â!

Ond em â Weile kommet Träna,
es staußt em auf, 's verreißt a fast,
„Was hast denn Karle?", sait dr Lehrer,
„lass sehn, was du geschrieben hast!"

Er lauft zom Buaba nom ond lachet;
der hebt sei Dafel hendrafür,
dass d' „i" äll Burzelbömla machet,
ond drom verzweifelt's Mâle schier!

„Gerscht z'obed haune so schö gschrieba,
mei Muader woißt's, dass i's guat ka!
Heut nacht send d'Düpfala abegrutschet
i be ganz gwiss et schuldig dra."

Kalte Klassenzimmer

Schulalltag früher – davon berichtet Herta Pfau aus Leutenbach aus einem Gespräch mit ihrem Mann:

Er erzählte mir, wie das in den 40er-Jahren in seiner kleinen zweiklassigen Schule auf dem Land war. Klasse eins bis vier und Klasse fünf bis acht wurden gemeinsam unterrichtet. Die Kinder bekamen Aufgaben gestellt und oft kam es vor, dass jemand aus der Oberklasse zeitweise für Ruhe bei den Arbeiten der anderen sorgen musste, wenn der Lehrer nicht anwesend war. Im Winter war es außerdem oft so, dass die Kinder entweder ein Holzscheitle oder einen Brikett mitbringen mussten, um nicht zu frieren, denn es gab nur einen Ofen im Klassenzimmer. „Mir lebat trotzdem elle noo!", so der Ausspruch meines Mannes.

Vorne die Gscheiten, hinten die Dummen

W. Blocher aus Frickenhausen schreibt:

Wenn e meiner Muoder ihrer Aussaga glauba derf, send die Gscheite en dr Klass vorne gsessa ond die Domme henda. Wenn de Alte bei bestemmte Anläss nemlich mol wieder da Flecka omdreht hend ond über andre Leit gschwätzt hend, hosch ellemol heira kenne: „Jo, der hot's zo ebbes brocht, obwohl er en dr Schol elleweil zletscht gsessa isch."

Drei Jahrgänge in einem Raum

Lilli Reiß aus Backnang-Maubach erinnert sich an volle Klassenzimmer:

Bei jedem Wetter mussten wir die ersten vier Grundschuljahre nach Heiningen laufen – ohne Thermokleidung! In der Hauptschule saßen drei Jahrgänge in einem Raum, hinten die Ältesten. Während die einen unterrichtet wurden, mussten die anderen etwas abschreiben. Ich weiß nicht mehr, wie das damals funktionierte!

Der arme Tropf

Ingo Feile aus Böbingen gibt einen Einblick in seine Schulzeit:

Im Schuljahr 1955/56 war noch jeden Samstag bis 12.10 Uhr Unterricht. Schulbusse verkehrten damals nicht. Deshalb legte ich die acht Kilometer lange Strecke von meinem Heimatdorf Weiler zum Parler-Gymnasium in der Kreisstadt täglich mit einem damals üblichen Fahrrad-Typ ohne Gangschaltung zurück. Im Winter gab es die Alternative, mit dem in aller Früh startenden Werkbus der Zahnradfabrik oder der öffentlichen Omnibusgesellschaft zu fahren, deren Fahrpläne jedoch in keiner Weise an den Schulbetrieb angepasst waren.

Einmal wollte unser Englischlehrer ausgerechnet in der letzten Unterrichtsstunde am Samstag wegen „Häufung" vergessener Hausaufgaben ein Exempel statuieren: „Wer hat für heute seine Hausaufgaben nicht gemacht? Vortreten!", rief er in die Klasse. Mich traf beinahe der Schlag. Ängstlich und in Erwartung einer der gefürchteten Strafen trat ich den „Gang nach Canossa" zur großen Tafel an. Doch der gestrenge Englischerlehrer fragte erstaunlicherweise nach einer Begründung für das Versäumnis. Als schüchterner Schüler bekannt, sprang ich über meinen Schatten, fasste mir ein Herz und erklärte mit zittriger Stimme meine missliche Lage. Weil ich im Winter mit der Omnibusgesellschaft fahren und deswegen zehn Minuten vor Unterrichtsschluss gehen müsste, hätte ich die Hausaufgabenstellung am Vortag nicht mitbekommen. Der nächste Bus nach Weiler würde doch erst um 17 Uhr fahren. Und weil in Weiler weder die Schulleitung noch das Pfarramt ein Telefon hätten, hätte ich auch keinen Klassenkameraden anrufen können, wie zum Beispiel den Alex von der Pumpenfabrik oder den Sohn vom Doktor, um mich nach den Hausaufgaben zu erkundigen.

Der Lehrer hörte sehr aufmerksam zu, überlegte kurz und fällte ein überraschend salomonisches Urteil: „Der Feile von Weiler isch a armer Tropf. Weil halt grad a sonnigs Wochaend bevorstoht, erlass i ihm dean Strofeitrag onder der Bedengong, dass er dui Hausaufgab' bis zom Mondag nochmacht." Auch meine Mitschüler akzeptierten dieses milde Urteil und zeigten ihr Mitleid mit mir, dem auswärtigen, „solitären" Landbuben aus dem Weiler in den Bergen. Dem Englischlehrer war die Genugtuung anzumerken, Klassenlehrer einer vorbildlichen Klassengemeinschaft zu sein.

Das Viertele auf dem Stehpult

Renate Eberle aus Stuttgart berichtet von Lehrer-Marotten, die ihr in ihrer Schulzeit begegnet sind:

Wenn bei uns unter der Woche am helllichten Tag die Kirchaglocken läuteten, wusste man, dass jemand gestorben ist. Unser Lehrer schickte dann einen von uns Schülern ins Städtle, um herauszufinden, wer das war, um ihm dann davon zu berichten.

Gegenüber unserer Schule gab es einen Bäckerlada. Einmal sagte unser Lehrer zu einem von uns: „Hol mir a Brezele!". Die kosteten damals 6 Pfennig. Danach aß er die Brezel und trank dazu ein Viertele, das auf dem Stehpult stand.

Mein Mitschüler Günther packte einmal die Bücher in seinen Schulranzen, bevor die Schulstunde fertig war. Unser Lehrer sah dies, nahm den Ranzen und leerte den gesamten Inhalt aus dem Fenster, der im Dreck landete.

Da unser Schulhaus mit der Zeit zu klein war, wurde auch in unserem Rathaus im oberen Stock unterrichtet. Wenn sich jemand ganz dumm anstellte, öffnete unser Lehrer das Fenster und wir mussten so lange aus dem Fenster rufen, dass wir dumm seien, bis die Leute auf der Straße raufsahen. Dazu passt das einst beliebte Versle:

„Eins, zwei, drei, vier, fünf, sechs, sieben,
in der Schule wird geschrieben,
in der Schule wird gelacht,
bis der Lehrer pitsch, patsch macht.
Ei, Herr Lehrer, das tut weh,
morgen komm' ich nimmer mehr,
übermorgen noch einmal,
aber mit dem Opapa.
Opapa ist nicht so dumm,
schlägt dem Lehrer die Nase
krumm."

Schwäbisch für Fortgeschrittene

Zwei Gschichtle von Eugen Gutknecht aus Stuttgart, knüpfen an den vorherigen Beitrag an:

Es war in einem Nachbarort von Unterjettingen. Ein Grundschüler, der am Vortag gefehlt hatte, brachte mir einen Entschuldigungszettel, auf dem stand „Benedigte den Bum." Erst nach einem Weilchen begriff ich die Langform („benötige den Buben"): Die Eltern hatten den Buben zur Mithilfe in ihrer Landwirtschaft benötigt, die sie für wichtiger hielten als den Schulbesuch.

Auf der Ostalb geboren, die Schulzeit in Stuttgart verbringend, hatte ich doch gelegentlich Probleme mit dem Schwäbischen, wie es (zumindest damals) im Oberen Gäu gesprochen wurde. Meine Schüler sprachen oft von einem gewissen „Maier". Frisch ins Dorf gekommen, kannte ich natürlich längst nicht alle Leute und in meiner Klasse war kein(e) Schüler(in), der/die Maier hieß. Also fragte ich, wer dieser Herr Maier sei. Meine Schüler schauten mich verdutzt an. Bis sich aufklärte, dass „maier" die dortige Aussprache des Hochdeutschen „mehr" war, das in meinem Schwäbisch „mee" hieß und das ich allenfalls von meiner Großmutter noch als „mainert" kannte.

Eine triftige Entschuldigung

Schule ist wichtig. Manchmal gab es aber noch Wichtigeres – nachzulesen im Beitrag von Roland Crais aus Weinstadt:

Heinz war heute nicht in die Schule gekommen! Am nächsten Morgen fragte ihn der Lehrer: „Worom bisch du gerschtich et end Schual komma?" Seine Antwort: „I hau koa Zeit ghet, mir hend Mischd gfiert und do han i helfa miassa!"

Ganged hoim!

Und das war keine Ausnahme, wie das Beispiel von Hans Hotz zeigt:

Ich bin im September 1932 in einer kleinen Landgemeinde mit ca. 400 Einwohnern im Kreis Sigmaringen (damals Hohenzollern) geboren und aufgewachsen. Im Dorf gab es die kleine Schule mit den Klassen 1 bis 4 und die große Schule mit den Klassen 5 bis 8, jeweils in einem Klassenzimmer. Meine Schulzeit begann nach Ostern 1938, ich war gerade fünfeinhalb Jahre alt. Sie endete im Frühjahr 1946. Gleich danach, am 1. April 1946, begann meine Lehrzeit mit einer Wochenarbeitszeit von 52 Stunden.

Aus seiner Schulzeit ist Hans Hotz dieses Erlebnis nachdrücklich in Erinnerung geblieben:

Es war zur Erntezeit im Jahr 1944. Alle wehrpflichtigen Männer waren im Krieg oder gefallen und die Ernte musste eingebracht werden. Wir Kinder waren in dieser Situation ganz wichtige Arbeitskräfte. Ich erinnere mich an einen Schultag bei bestem Erntewetter. Unsere damals sehr junge Lehrerin, die ohnehin häufig Probleme vor allem mit den größeren Jungen hatte, ärgerte sich über unsere Klasse. Deshalb ordnete sie zwei Stunden Nachsitzen an. Ein Hinweis der ältesten Schüler, dass wir zuhause dringend gebraucht würden, beeindruckte sie nicht. Nun ging Max, der Kräftigste aus der 8. Klasse nach vorn, packte die Lehrerin und legte sie einfach übers Pult. Sie versuchte sich natürlich zu wehren, aber Max hatte sie fest im Griff. Laut schrie er in die Klasse: „Auf, ganged hoim!“, worauf alle Buben fluchtartig die Schule verließen. Nur die Mädchen blieben in den Bänken sitzen. Danach ließ Max die Lehrerin los, holte seinen Schulranzen und wollte auch gehen, doch die Lehrerin schloss die Tür ab. Unerschrocken warf Max seinen Schulranzen durch das offene Fenster und wollte nach draußen steigen, aber die Lehrerin versuchte ihn an einem Bein festzuhalten. Mit dem anderen Bein verpasste der Max ihr einen solchen Tritt, dass sie fiel und er flüchten konnte. Ein großes Nachspiel hatte diese unschöne Geschichte für Max übrigens nicht, denn selbst der Herr Bürgermeister und der Herr Pfarrer fanden es unerhört, dass die Lehrerin die Buben in der Erntezeit nachsitzen lassen wollte.

Mit dem Lehrer auf Maikäferjagd

Helga Gackenheimer aus Sindelfingen erzählt von den praktischen Seiten des Schüleralltags in der „guten alten Zeit“:

Morgens en äller Fria hen mir Schualkender a alte Schuaschachtel zom Onderricht mitbrenge miassa, do isch en da Deckel a Klappe naigschnitta worde, dia mr uf ond zua macha hot kenna ond no isch mer mit em Lehrer uf d'Wiesa ganga, wo Zwetschgabaim gschdanda send, dia hot mer no gschittelt oder nagschdaucht, dass dia Moiakäfer rondergh agelt send ond do hot mer scho nore mache miassa, solang die Kerle no von dr Nachtstarre her gschlofa hen, denn wenn's no wärmer worda isch, no hend dia nämlich bombt ond sen weggfloga ond mer hot se no, wenn mr schnell gwea isch, no ra batscht ond end Schachtel nei doa. Ond wenn no d'Sonn raus komma isch, no sen mer älle en da Schualhof ganga ond dort isch a großr Bitzichoimer gschdanda, wo mir die Käfer nei hend ond schnell da Deckel druf, dass se net abghaua send. Dr Hausmoischdr hot dia no mit kochend Wasser hee gmacht, aber des isch erschd gmacht worda, als mir Kender scho em Klassazemmer gwea send! Dene gelb-schwarz gschdroifte Ebbirakäfer on ihre Larva isch's genauso ganga, die sen au von de Schualkender uf de Äcker abgsammelt worda, ond hen no au wiea dr Moiakäfer schderba miassa. Ja, so isch de guad ald Zeid gwea uf em Land.

WER HOT DIA TÜRKLINKE HOISS G'MACHT?
OND
WER HOT MIR DIA MAIKÄFER EN D'VESCHPERDOS NEI G'SPERRT?

Lehrer Levitt

In meiner Jugend, als ich noch Zöpfe trug, unschuldig und voller Erwartung auf das Leben war, gab es in unserem Dorf im Oberland, in der Nähe der Kreisstadt Biberach, eine große Maikäfer- und Kartoffelkäferplage, berichtet Brigitte Hornung aus Stuttgart. Es war, als hätte der Teufel persönlich Ungeziefersamen über Äcker und Laubwälder gestreut. Die Bauern schreckten auf und riefen um Hilfe. Auf den Äckern fraßen die schwarzweißgestreiften Kartoffelkäfer in rauen Mengen das Kraut von den Kartoffelknollen. Und in den Bäumen summten, brummten und schwirrten die Maikäfer in wolkenähnlicher Gemeinschaft.

Doch Lehrer Levitt wusste Rat. „Kinder", sprach er, „morgen geh'n wir auf Kartoffelkäferjagd. Nehmt Vesperbrot und Wasser für einen Tag mit." Anderntags zogen wir mit Jutesäcken los, pflückten die hübschen Tiere von den Pflanzen und kamen abends müde, verdreckt, aber als erfolgreiche Jäger und Sammler zurück. Alle Jutesäcke waren prall gefüllt. Im Schulhof wurden sie durch ein großes Gullyloch in die Jauche versenkt. „Die Güll stinkt wie d'Höll", schrie der Johannes, der keinen Pferde- und Kuhstall neben der Wohnung hatte und keinen dampfenden Misthaufen neben der Haustür. „Des isch jo au Scheiße", sagte Fritz, der Erfahrung hatte. Am nächsten Tag, sehr früh am Morgen, schüttelten wir wieder die noch klammen und starren Maikäfer von den Zweigen. Das Blattwerk war zerfressen und hing matt an den Ästen. „Die fresset die ganze Bäum kahl", sagte Paula, „ja, gibts denn des au?" Uns taten die „Müller", „Schornsteinfeger" und „Schuster", die nun aus ihrer Starre erwachten und die Rupfensäcke in Bewegung hielten, leid. Aber sie wären in ihrer Überzahl zu lästig geworden und uns buchstäblich über den Kopf gewachsen.

Unser Lehrer Levitt war jung, dynamisch, streng und gerecht. Zuweilen unterrichtete er zwei Klassen gemeinsam. Die älteren Schüler saßen hinten und die jüngeren Schüler vorn. Die älteren Schüler waren für uns jüngere Schüler eine ständige Herausforderung. Sie sorgten für Unruhe, sodass wir neugierig nach hinten lugten und wenig Interesse für den Unterricht aufbrachten. Das muss eine harte Geduldsprobe für den Lehrer gewesen sein.

Eines Tages trieben es die Älteren zu weit und Lehrer Levitt stürmte mit Riesenschritten den Mittelgang entlang auf eine Bank in der rechten Reihe zu, hob den schmächtigen, aber sehr pfiffigen Max am Kragen von seinem Sitz wie ein Kätzchen aus seinem Körbchen, legte ihn sich übers Knie und verdrosch ihn mit der flachen Hand. Es staubte gewaltig. Lehrer und Schüler waren nur noch als Schemen sichtbar. So viel Staub? Wir staunten „Warum staubst du so?" fragte Lehrer Levitt halb erstickt. Max hustete, hob nur die Schultern. „Ha, der Max schloft im Heu – des isch sei Bett", rief Fritz, der viel wusste. Lehrer Levitt sagte sehr gedehnt: „Sooo?", schickte Max an seinen Platz und riss alle Fenster auf. „Dann war das Ausklopfen wohl nötig", sagte er grimmig. „Ich will deinen Bauern sprechen, am besten am Sonntag nach dem Hochamt an der Kirch, richt ihm das aus, Max." Neben mir sagte Ruth leise: „Des Maxle isch a Waise, des hot nix zu melda auf dem Hof."

Es war die Zeit, kurz nach dem Krieg. Einige Dorfkinder vermissten ihre Väter, teils waren sie als Soldaten gefallen, verschollen oder in Gefangenschaft. Lehrer Levitt war bemüht, eine Art Balance zu halten in dieser verstörten Gemeinde. Er sorgte auch dafür, dass wir täglich die vorgeschriebene Menge Jodtabletten schluckten, die eine Kropfbildung verhindern sollten. Damals gab es viele Dörfler mit enormen Kröpfen, nicht selten von der Größe einer kräftigen Männerfaust. An Sonn- und Feiertagen spielte er die Orgel in der Kirche, und kurz vor Weihnachten übte er Weihnachtslieder mit uns ein. An Weihnachten standen wir oben neben der Orgel und sangen, frierend, für die Dörfler unten im Kirchenschiff die einstudierten Weihnachtslieder. Das gefiel der Gemeinde.

Läuse-Geschichten

Edelgard Sessler aus Waiblingen zitiert einen Spruch ihrer Mutter (Jahrgang 1910), den diese in ihrer Schulzeit verwendete: „Ätsche Gäbele (man reibt dabei die beiden Zeigefinger gegeneinander), i muass heut net end Schual, weil i Leis han. Kommsch au zu mir, kriegsch au Leis, muasch au net end Schual!"

Irmgard Abt aus Steinenbronn erzählt: Wenn es sich herumgesprochen hatte, dass Kinder Läuse hatten, bekamen wir in der Schule Besuch vom Gesundheitsamt. Die Untersuchung war nicht sehr angenehm. Hatte man lange Haare, wurde man besonders ins Auge genommen. Erleichtert waren wir alle, wenn keine Läuse und Nissen gefunden wurden. Dann sprang man schnell nach Hause und rief der Mutter zu: „Mama, Mama! D'Vögelesdande war en dr Schual, ond dia hot g'sagt, du solscht mr dr Kopf net so oft wäschâ, weil dreckiche Hoor meget d'Leis net!"

Inge Stoll aus Stuttgart schreibt zum selben Thema: Als mein Mann 1947 in Trichtingen eingeschult wurde, waren die hygienischen Einrichtungen kärglich, und so war es kein Wunder, dass sich „Leis" in den dicken Zöpfen der Mädchen einnisteten ebenso wie auf Bubenköpfen. Die Gemeinde Trichtingen hatte eigens eine „Lausere" angestellt. Diese hatte einen sogenannten Lausreche; dabei handelte es sich um einen Hornkamm, der auf der einen Seite fein gezackt war, um die Wurmeier der Lause zu finden, die sogenannten Nissen. Die grobe Seite war für das Durchkämmen der Haare gedacht – dabei prasselten manches Mal die Leis herab wie die Maikäfer. Mein Mann – er hatte keine Leis! – erinnert sich noch an ein Desinfektionsmittel, das die Amerikaner dagelassen hatten. Es stank wie die Pest. Etwas Positives hatte die Aktion aber auch – oft war die Schule zwei Wochen lang wegen Laus-Alarms geschlossen.

Fingernägel-Kontrolle

An unserer damaligen Oberschule hatten wir einen kompetenten, aber nicht ganz einfach gestrickten Biologie- und Erdkunde-Lehrer, berichtet Siegfried Glemser aus Herrenberg: Als wir in die 6. Klasse (heute 10. Klasse) kamen, hat er uns Sechzehnjährige konsequent mit „Sie“ angeredet. Mein Nebensitzer war der Sohn des Stadtpfarrers. Er war knitz und nicht der Brävste. Eines Tages blieb der Studienrat an unserer Bank stehen und fragte meinen Sitznachbarn: „Ischt Ihne a Has verreckt?“ Dieser grinste ihn treuherzig an: „Noi, worom?“ Der Lehrer zeigte auf seine nicht ganz sauberen Fingernägel: „Weil Sie Hoftrauer tragen.“

I sott mol ...

Von einem Schulrat-Erlebnis kann auch Inge Stoll berichten:

Der Schulrat kam einmal im Jahr in unserer Schule vorbei – glücklicherweise nicht öfter. Schon Wochen vorher probte Schulleiter Hägele mit uns, wie wir uns zu verhalten hatten: Mitmachen, Finger strecken, frische Taschentücher einstecken, keine „Trauerränder" an den Fingern haben, und so weiter. So weit, so gut. Der Tag des Schulratbesuchs kam, und es klappte alles gut – bis ein Schulkamerad heftig streckte und mit den Fingern schnalzte. Als unser Schulleiter ihn aufrief, rief der Schüler laut: „Herr Hägele, i sott geschiffa ond io glaub' sch... sott i au no!" Von da an mussten wir sagen: „Herr Hägele, ich bitte um Erlaubnis!" Friedrich Hägele war übrigens selbst ein paar Jahre Schulrat in Rottweil. Ich glaube, dass er ein milder Schulrat war mit viel Verständnis für die Schwobakender.

Keine halben Sachen

Eine Anekdote von Werner Schnerring aus Balzholz:

Der Lehrer kündigt an, dass morgen der Schularzt kommen würde. Er sagte: „Sod aber ed so sei wia bei dem Weib, des zom Doktr koma isch mit am ma kranga Fuaß! No hot dr Doktr gsait, lassat se mol da gsonda Fuaß seha zom Vrgleich. No hot die Frau gsait: „I hau aber bloß da kranga Fuaß gwäschä!"

Der Schulrat kommt

Ingo Feile hat dieses 1950 entstandene Gedicht eingeschickt – gespickt mit persönlichen Erfahrungen:

En dr Volksschual hot ma vrnomma,
morga dät dr Schualrat komma.
Do müass ma höflich sei, bescheida,
d'Lehrer dät ons vorbereida.
Wia ma grüaßt ond sich vrhält,
sich beim Asprecha aufrecht stellt.
Ond – des gilt net bloß für d'Flegel:
Jo koine schwarze Fengernegel.
G'üabt hot ma, ganz ohne Geleier:
„Grüß Gott, Herr Schulrat Waldenmaier!"
Guat dressiert, des war a Lascht,
hot ma erwartet den hoha Gascht.
Feierlich, fascht wi a Kenig,
hot der ausgfrogt, gar net wenig.
Wia ma hoißt ond andre Sacha,
manchmol muaßt er selber lacha.
Warum denn da ein Lichtlein brennt?
Ha, 's käm doch scho dr dritt Advent.
No sei's, was d'Kender bsonders frait,
bis Heilig-Obad nemme weit.

A Kloiner saß still uf dr Seite diba,
der kam von Krumau, heimatvrtrieba.
Dean nahm dr Schualrat en's Visier,
einfühlsam ond mit Manier.
„Dieterle, sag's mir in die Ohren,
wo bist du denn nun geboren?"
Der guckt aufgschreckt nauf zu ehm.
„I – binn geboarn in Bethlehem!" –
Dr Schualrat hebt d'Braua, guckt zom Lehrer Feile,
der gibt Zoicha, i klär's noch ma Weile.
„Du lieber Reinhold, weißt du noch grad,
deine Patzer im letzten Diktat?"
„I mach Fehler meah ond meahner,
dr Lehrer moint, i sei Lagasteaner".
Scho wieder stutzt der Ehrama
ond guckat dean arma Schualmoister a.
Warom frogt der dia falsche Leit?
Wenn des no koi Fiasko geit.
„Hans-Peter, gehst du gern in die Schule?"
„Et so gera", sait des Bule.
„I muaß jeden Dag, wia dia andere Kender,
von Haddlaburg ra, sogar em Wender."

Zom Mittagessa war er glada,
so war's halt üblich en deam Lada,
beim Leiter der Schual, beim Lehrer Feile,
sei Frau war bereit, wia älleweile.
Am Mittagsdisch, er war zom Vrlocka,
musst der Ingo zom Schualrat nahocka.
Manche brauchat jetzt dui Zeile,
des war dr Sohn vom Schualleiter Feile.
Ganz vrlega ond vrdruckt,
hot Ingo rieber ond nieber guckt,
adlig g'speist mit Messer ond Gabel,
o'g'schmatzt betätigt sein hongriga Schnabel.

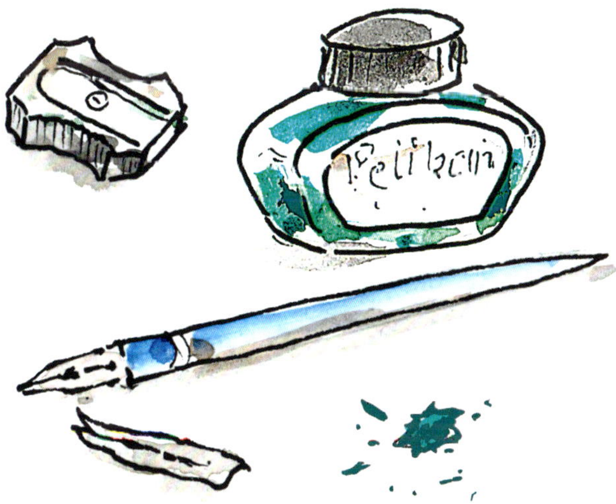

Z'mol fängt der Gascht a, zoigt en Stift,
der Ingo hätt a schlampiga Schrift,
ziaht mit Absicht, es war koi Attrappe,
a Übongsheft aus seira Mappe.
Er soll jeden Dag a ganza Seit',
Schönschrift üaba, längera Zeit.
Dr Ingo hot's g'wurmt, dass der strenge Beamte,
ihn zu dera Strof vrdammte,
hot g'hofft, der wird sich bald v'rdrücka
ond lässt sich nemme en Weiler blicka.
So mancha Halbstond, mit größtem Bemüha,
musst Ingo zeilaweis Schloifla zieha.
Doch der Bua war guat beroda,
bekam en Schönschrift de beschde Noda,
entweder Oiser oder Zweier,
dank dem Schualrat Waldamaier.
Heit muass ma saga, mit Logik:
Des war a Schachzug der Pädagogik.

Schulfrei wegen Dummheit

Hildegard Jerke aus Leinfelden-Echterdingen gibt eine weitere Schulrat-Geschichte zum Besten; sie stammt von ihrer Freundin von der Alb.

Auf dem Land kam der Schulrat zu Besuch, um sich zu erkundigen, was die Kinder gelernt haben. Der junge Lehrer bereitete seine Schüler auf den Besuch vor. Sie sollten sich anstrengen und richtige Antworten geben. Nun war da der kleine Hermann, der nicht so gut lernte. Zu ihm sagte der Lehrer: „Du bleibsch morga drhoim. Du gibsch doch bloß domme Antworta."

Am anderen Morgen ging der kleine Hermann folglich nicht zur Schule; er fuhr mit dem Fahrrad über die Landstraße. Da kam er an einem Auto vorbei, das offensichtlich eine Panne hatte. Der Fahrer stand ratlos davor. Hermann erkundigte sich, was denn los sei. „Der Motor hat plötzlich komische Geräusche von sich gegeben", antwortete ihm der Mann.

„Machet Se amol d' Motorhaub uff, no guck' i amol nei", sagte der Bub. Der Mann fragte: „Verstehst du denn etwas von Autos?" „Ja", sagte der kleine Hermann. „Auto hend mi scho emmer interessierd; i werd' später Automechaniker." Nachdem er den Motor begutachtet hatte, sagte er: „Au je, do isch ebbes he. Do kommet Se nemme weit. Jetzt fahret Se mir hendedrei; im Flecka isch a Werkstatt, dia gucket drnoch!"

Gesagt getan. In der Werkstatt angekommen, fragte der Mann den kleinen Hermann: „Sag mal, hast du denn heute keine Schule? Heut' kommt doch der Schulrat." Da antwortete 's Hermannle: „Noi, i ben dr Dümmschde en dr Klass. Dr Lehrer hot gsagt, i sott drhoim bleiba, i dät bloß domme Antworte gäba." Der Mann schaute ihn an und sagte: „Aus dir wird noch was, das will ich deinem Lehrer sagen. Ich bin der Schulrat, und ich danke dir für deine Hilfe." Und dem jungen Lehrer hat der Schulrat anschließend ordentlich die Leviten gelesen.

Die Fibel als Pferdefutter

Von Herta Pfau stammt auch dieser Beitrag:

Mir hend en dr Grundschul a ganz strenge Lehrere ghett. En de Oberklassa hot dr Herr Lehrer unterrichtet und en der untere sei Frau. En dr erschta Klass' hend mir no a Schiefertafel ghett und zom Lesa a Fibel.

Unser Schul war em nächsta Flecka, do hend mir ell Dag naalaufa miaßa ond wieder hoim. Oimol hend mir bälder aus ghett, ond meine Leit waret et drhoimda. No han i mei Fibel uffs Stallfenschter von de Gäul glegt und bee zu meirer Freindin a paar Häuser weiter ganga. Wo i wieder hoimkomma bee, waret meine Eltern wieder do, ond i han Hunger ghett. An mei Fibel han i no nemme denkt.

Wo i no wieder draadenkt han, war se aber nemme do. Elles Suacha hot nix gnitzt.

Mo mei Vater em obends dia Gäul gfuadert hot, hot er gseha, dass dia Viecher des Buach total aa'gfressa und hee gmacht hend.

Jetzt han i Angscht ghett, meiner Lehrere zom saga, was passiert isch, weil dui so streng gwä isch. Am erschta Dag han i gsait, i häb mei Fibel vergessa, aber am andera Dag han i's no zugeba miaßa ond han von dera Frau Schnabel oine an Backa naa griagt. Zuadem hot mei Vatter no zu ihrm Mann, der gleichzeitig au no dr Schulleiter war, komma miaßa ond a neie Fibel kaufa.

Die Frühjahrsprüfung

Hermine Ilg aus Heuchlingen schreibt:

Meine längst verstorbene Oma (Jahrgang 1904) war als junges Mädchen wegen ihres angegriffenen Gesundheitszustandes zur Kur. Offenbar hat man sich dort die Abende mit Gedichtvorträgen vertrieben. Diese Gedichte hat sie uns Kindern auch immer wieder erzählt. Sicher haben wir damals so wie meine Enkel heute die Oma immer wieder aufgefordert: „nommãl", und so sind uns einige dieser Gedichte in Erinnerung geblieben. Dazu zählt das Gedicht „Frühjahrsprüfung"

Liabe Leitle, lasst eich sage
heit isch d'Frihjõhrspriafong gwea.
D'Schialer ond dr guat alt Lehrer hend wia Techner Obacht geah,
Gmoidrät ond dr Schualinschpektor hot ma haira losna gseah,
ond dr Pfarrer ond dr Schuldes send nadierlich au do gwea.
's Lesa, des isch ganz guat ganga, gschrieba hand se wiadig schea,
grechnet au als wian a Dokter, han mei Lebtag nex sotts gseah.
Gsonga hend se trotz de Stare „Guadr Mond" ond „D'Wacht am Rhei"
kurz ond guat, was will e saga, 's hätt net kenna besser sei.
„Jõ", sait do dr Schualinschpekter, „was i hair ond was i sieh,
's hott en Schlag, des lauft so prächtig, Kenderla, ihr freiat mi.
Doch jetzt will i selber gäba eich a Rechnong, dia em Kopf
jeder von eich mache kõ, denn dui isch so leicht wia Hopf:

Ebber kauft für sei Familie a Pfendle Floisch für jeden Dag.
Was wird's mache en dr Woch,
wenn des Pfendle Floisch beim Metzger koschtet grad a halbe Mark?
Rechnet woidle, liabe Kender, mei Verlanga isch jetzt stark!"
Ond des Jergle fangt õ z'rechna, rechnet schnell ond rechnet fei:
Sechs mõl fuffzig macht dreihondert, jõ, drei Mark, so muaß sei.

„Was?“, sait do dr Schualinspekter, „Biable, Biable b’senn de doch.
Desmol hōsch de arg verrechnet, sieba Dag hot doch a Woch!“
Doch des Jergle, net verläga, hot ganz frisch ond frōk drauf gsait:
„Hoppla, halt, Herr Schualinschpekter, was i gsait hau, hau e gsait!
Ihr Herr Haierles hand letz grechnet, i hau net a bissle gfehlt.
Fir da Freidig, dass ihr’s wissat, han ich halt koi Pfendle zehlt!“
D’Brill hot no dr Lehrer butzet ond dr Pfarr hot „Hm-hm” gmacht,
dr’henda hot dr Schuldes ghuaschdet ond dia Gmoidrät, dia hend glacht.
Gschnieza hot dr Schualinschpekter ond no hot er au mitglacht,
hot no z’letscht en d’Hend neibatschet „Bravo, Jergle, guad hosch’s gmacht!“

Der Lehrer und der Dackel

Eine weitere Geschichte von Ingo Feile:

Lehrer F. kehrte im Mai 1945 glücklicherweise unversehrt aus dem Krieg zu seiner Ehefrau und seinen zwei Kindern zurück. Weil er noch vor seiner Einberufung zum Kriegsdienst die Lehrerprüfung abgelegt hatte, erhielt er sogleich die vakant gewordene Schulleiterstelle in einem kleinen am Fuße der Schwäbischen Alb gelegenen Bauerndorf; es wurde Anfang der Siebzigerjahre nach Schwäbisch Gmünd eingemeindet.

Die damals übliche Residenzpflicht verordnete den Lehrern, am Ort ihrer Schule zu wohnen. In dem Dorf wurde ein altes Lehrerhaus zur Verfügung gestellt, eingezwängt zwischen dem Schulgebäude und dem mit dem Kirchenschiff verbauten großen Pfarrhaus. Zu den Lehrerwohnungen gehörten jeweils ein nahegelegenes Gemüse- und Beerengärtlein sowie ein Obstgarten in Hanglage. Die Dorfschulmeister konnten sich so in der Nachkriegszeit teilweise selbst versorgen.

Der Tag des Einzugs der Lehrerfamilie F. sollte sich als eine von Generation zu Generation weitergegebene, unvergessliche Anekdote manifestieren. Im nur einige Meter entfernten Nachbarhaus wohnte der gestrenge Pfarrer H. mit seiner Schwester Emma, der „Pfarrhäusere“, die ihm die Hausarbeiten abnahm und ihn umsorgte. Sie hatte sogar die Erlaubnis, ihren über alles geliebten und verhätschelten Dackel im geräumigen Pfarrhaus zu beherbergen. Doch der kleine Hund stromerte ohne Aufsicht und zum Ärger der spielenden Kinder stundenlang im Schulgelände und auf den Plätzen und Wegen um die Kirche herum. Für die spielenden Kinder hatte er wenig übrig. Lautes Zurufen und Pfeifen der „Pfarrhäusere“ beeindruckten ihn kaum, er war kein Vorbild im Gehorsam. Im Gegenteil: Er folgte schlecht.

Als Familie F. damit beschäftigt war, die Wohnung einzurichten, ertönten markante Rufe und unüberhörbares Geschrei auf dem damals noch vom Dorfkern abgetrennten, höhergelegenen Schul-und Kirchenbereich, dem sogenannten Kesselberg. „Maax, Maax, gosch daher! - Max, Max, Maxie, komm sofort doher!“ Lehrer F. lehnte sich aus dem Küchenfenster im ersten Stock, um sich zu informieren. Emma, die „Pfarrhäusere“, bemerkte das sogleich, erhob ihr Haupt und fragte lauthals: „Herr F., hoißat Sia am End au Max?“- „Ja, seit meira Geburt“, konterte der Lehrer mit einem süffisanten Lächeln. Die „Pfarrhäusere" war außer sich: „Waas? Des goht ja net. Des isch ja omöglich! I daif om, I daif heit no om!"

Am nächsten Tag echote es stakkatoartig zwischen den hohen Kesselberg-Gebäuden: „Moggi, Moggi, Moggi, haersch du schlecht?" Der Dackel folgte nun naturbedingt überhaupt nicht mehr. Ob die „Umtaufe" mit dem Zutun und dem Einverständnis des Pfarrers erfolgte, blieb bis heute ein Geheimnis. Emma ließ sich jedenfalls nicht auf den Rat von Lehrer F. ein, die „Umtaufe" wieder rückgängig zu machen. Diese Posse endete zum Wohlbefinden aller Beteiligten nach kurzer Zeit, weil das wohlgenährte, alte Hündchen friedlich das Zeitliche segnete.

Lehrer F. fand sich in seiner neuen Umgebung schnell zurecht, belebte die Theatertradition des Dorfes wieder, engagierte sich mit großem Erfolg für die Ortsvereine und hielt seiner liebgewonnenen zweiten Heimat, dem idyllischen Weiler in Bergen, mit seinen lebensfrohen Bewohnern zeitlebens die Treue.

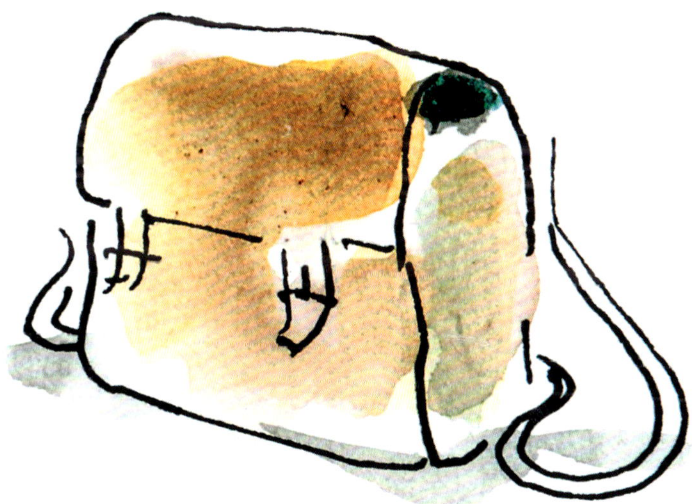

Aus dem Leben einer Lehrerin

Heidrun Brodt aus Stuttgart hat die Lebenserinnerungen ihrer Mutter, Johanna Claß (Jahrgang 1901), durchforstet und ihnen einige Erlebnisse aus deren Zeit als Lehrerin entnommen. Die Mutter besuchte von 1916 bis 1921 das Lehrerinnenseminar in Markgröningen und hat in ihren Lebenserinnerungen auch Erlebnisse aus ihrer Seminarzeit während des Krieges wiedergegeben:

Der Kaffee war ein entsetzlich schlechtes, lilafarbenes Gesöff. Wir beklagten uns darüber. Der Rex kam und testete den Kaffee – allerdings am Lehrertisch! Anschließend stauchte er uns zusammen. Meine Freundin Lisbeth rannte danach in den Lehrersaal, übersah den schon anwesenden Prof und rief lauthals: „Leit, dr Rex hot gsagt, dia Briah sei ausgezeichnet!“ Der Prof schaute angelegentlich aus dem Fenster, um sein Lachen verbergen zu können.

Der Hunger war allgegenwärtig in diesen Kriegs- und Nachkriegsjahren. Da kann man gut verstehen, dass eine der Seminaristinnen, durch die entstehende Unruhe der sich erhebenden Gemeinde aus ihrem Kirchenschläfchen gerissen, ungehalten reagierte und sagte: „I han grad so schee von ra Schenkawurscht draimt!“

Zuerst ein paar Erlebnisse älterer Kollegen, die sich zu Beginn des 20. Jahrhunderts abgespielt haben müssen: Lehrerin Maria Sträb stand mit ihren Schülern in der Kirche vor der Kreuzigungsgruppe. Ein lebhaftes Mädele zeigte auf einen der Schächer mit den Worten: „Ond der do, des isch a ganz Baiser gwä, no vom Kreiz ra hot der da Heiland abefft!“

Im Schulunterricht hatte Maria Sträb die Geschichte von Sodom und Gomorrha erzählt. Bei der Wiederholung in der nächsten Religionsstunde gab ein Mädchen die Tragödie mit folgenden Worten wieder: „Ond no hot's Fuir ond Schwäfl vom Hemml grägnet, ond no isch dr ganz Scheiß vrbrennt.“

Herr Nast (gefallen 1918) , ein aufgeschlossener, moderner Lehrer, fragte in der Oberklasse der Volksschule: „Was sind Nebel?“ Zögernde Antwort eines großen Buben: „Näbl, des send dia Knepf, wo d'Leit uff de Beich hend!“

Prälat Theodor Traub erzählte auf der Kanzel der Hospitalkirche von einem Büble aus der Paulinenpflege, das sagte, „geschtrn han i zehn Schleifatsa zoga, heit gangat bloß no vier!“

Walter Dongus, Lehrer in Pfedelbach, bekam Besuch von einem gefürchteten Schulrat. Beim Lesen unterbrach er bei dem Satz „mit hellem Entsetzen eilte Jan in die Stube ...“ und fragte: „Kinder, was heißt Entsetzen?“ Viele Kinder streckten die Finger zur Antwort und das aufgerufene Mädchen sagte: „Entsetzen heißt Seelenangst.“ Glücklich über diese wunderbare Erklärung dachte er: „Nun sieht der Schulrat doch, dass die Kinder im Denken geschult sind.“ Dem war aber nicht so! Der Schulrat rügte den Lehrer außerordentlich und meinte: „Die Definition des Begriffes Entsetzen war sehr mangelhaft! Ich werde Ihnen das zeigen!“ Schmallippig stellte er sich vor die Klasse, ohne einen Stuhl hinter sich zu haben. „Kinder, ich will mich setzen (entsprechende Bewegung ins Leere), auf dem Stuhl ist aber ein Nagel, jetzt entsetze ich mich (entsprechende Bewegung zurück).“ Lehrer Dongus stellte erneut seine Frage. Große Stille! Endlich meldete sich ein Büble: „Entsetza isch, wenn oim a Schbreißl en Arsch nei goht.“

Das Gegenteil dieses Schulrats war der Oberschulrat Mosapp, eine Vertrauen erweckende Erscheinung mit weißem Vollbart, im Alter noch milder geworden als ohnehin schon. Einmal kam er während der Adventszeit in meine erste Klasse. Wir hatten viel Adventliches im Schulzimmer, was damals nicht üblich war. Nach einigem Zuhören führte er den Unterricht fort und fragte dann die Kinder: „Wisst ihr, wer jetzt bei euch ist?“ Es kam eine jubelnde Antwort: „Dr Nikolaus!“

In Gerlingen hatte ich als Stellvertretung eine erste Klasse zu unterrichten. Da war ein Büble, verwahrlost, körperlich und geistig zurückgeblieben. Es saß schon zum dritten Mal in der 1. Klasse. In meinem jugendlichen Glauben meinte ich, mir müsse es gelingen, dem Fritz das Lesen beizubringen. Ich behielt ihn außerhalb der Schulzeit da, setzte mich zu ihm und nahm ein Wort und dann noch ein Wort mit ihm durch. Schließlich konnte der Bub diese zwei Wörter behalten, zeigte mit dem Finger nach und sah mich selig an: „Gell, jetzt kann i läsa!“

In einer meiner Stuttgarter Klassen hatte ich meinen Schülern erklärt, dass nicht jeder Mensch gleich begabt ist und dass der, der vom lieben Gott ein gescheites Köpfle erhalten habe, auch mehr leisten könne und müsse. Bei Liesel, die ein sehr liebes Kind war, haperte es etwas mit dem Lernen. Nach einem Diktat, in dem sie „vor" wieder mit „f" geschrieben hatte, war ich sehr ungehalten. Darauf das Liesele: „Do ko i nix drfier, so hot halt dr liabe Gott mein Kopf gmacht."

In derselben Klasse war auch Emma, ein wohlbeleibtes, phlegmatisches, gutmütiges Kind. Einmal hatte ich das Aufsatzthema „Wenn ich eine Prinzessin wäre" gestellt, und Emma gab dazu folgende Arbeit ab: „Dann würde ich es mir bequem machen. Und dann würde ich es mir noch bequemer machen."

1923 unterrichtete ich in Großheppach eine gemischte Klasse, viertes und fünftes Schuljahr. Von meiner primitiven Unterkunft aus musste ich zum Schulraum, untergebracht in einem ehemaligen Geißenstall, ein sehr steiles Gässle hinaufgehen, in das die Ausgüsse der Bauernküchen hinausliefen. An einem Wintermorgen war alles spiegelglatt gefroren, ich konnte kaum das Bergle hochkommen. Den Kindern hatte ich versprochen, aus dem Rulaman vorzulesen. Nun musste ich meinen Schülern gestehen, dass ich das Buch vergessen hatte und – froh oben zu sein – um alles in der Welt nicht noch einmal hinab in mein Zimmer gehen würde. Da meldete sich Hermann: „Gäbat Se mir Ihrn Schlissl, i rutsch nonder uff'm Arsch." Und so geschah es!

In der Hospitalschule hatte ich eine reine Bubenklasse, erstes Schuljahr. Zwei Schüler, Kurt und Helmut, beide intelligent, waren große Rivalen. Helmut, immer tadelloses Benehmen, immer gut gekleidet, war ein hervorragender Rechner. Eines Tages kam er noch eleganter als sonst in die Schule. Er rechnete aber miserabel. Ich fragte entsetzt: „Helmut, was ist denn heut mit dir los?" Da rief Kurt sehr laut: „Ha, dr Kerle moint, weil'r a Krawättle ahot, braucht'r net rechna kenna!"

Mein elf Jahre älterer Bruder, auch Lehrer (der einen wütenden Brief aus dem Feld nach Hause schrieb, als er erfuhr, dass seine kleine Schwester Lehrerin werden wolle „ ... das hat mir gerade noch gefehlt, in der Familie einen Blaustrumpf zu haben!"), wurde später als Unterlehrer nach Pfrondorf versetzt. Wir Geschwister waren öfters beim Oberlehrer eingeladen, der eine sehr lebhafte Frau hatte, die spannend erzählen konnte und dies auch gerne tat. Dem Schulhaus gegenüber stand das Pfarrhaus, bewohnt von einem kinderlosen Pfarrers-Ehepaar. Wenn deren Gartentor quietschte, unterbrach die Frau Oberlehrer mitten im schönsten Erzählen und musste schnell nachsehen mit den Worten „'s Pfarrers Gardaderle isch ganga!" Dieser Satz wurde bei uns daheim eine viel gebrauchte Redensart.

D'UFFGAB HOISST:
DEIN VATER HAT EINE KUH DIE TÄGLICH 2 LITER MILCH GIBT. WIEVIEL MILCH GIBT SIE IN 10 TAGEN?
SAGSCHT DEINER LEHRERIN, MIR HEND KOI KUAH, BLOSS HENNA!

Meine Lehrer ond i

Gesammelte Schulgeschichten von Josef Wamsler aus Schwäbisch Gmünd:

I ben gere en d' Schul gange ond i ben au wieder gere hoimgange von dr Schul, bloß die Zeit derzwische, isch oft net so schee gwea. Dr erste Schultag wär ja no einigermaße zu verkrafte gewea, aber dui kloine, rondliche, nette Lehrerin hot oabedengt drauf bestande, dass mir no johrelang die Schul bsuche solltet. Die liebe, gutmütige Frau Kaiser wollt au oabedengt, dass mir außer dem Lese no mehr lerne solltet. Derbei war es doch scho a Mordsleistong, sich jeden Tag vollständig vor ihr zu versammle.

Wie gut mir es aber no bei ihr ghett hant, isch ons no em dritte Schuljohr klar worre, wie dr Herr Stöckle onser Lehrer worre isch. Der Herr Stöckle hat net bloß so gheiße, er war au a großer Moister dieses Fachs, obwohl er eigentlich ziemlich kloi war. Weil seine Stöckle unserm abgesessene Sitzleder net auf Dauer gwachsa waret, hot er sie gege richtige, beinah onzerbrechliche Stöck austauscht. Am liebste hot er mit seim vierkantige Rechenstab zugschlage, weil sich mit dem sei Müh wirklich glohnt hot. Ganz so schlemm war es aber net emmer. Stark schlaggefährdet send mir hauptsachlich montags gwese, wenn die Bettrenger Fußballer sonntags ihr Spiel verloren hant, der Herr Stöckle war nämlich a fanatischer Fußballoahenger. Aber derfür isch er arg hilfsbereit gewese, wenn er gmerkt hat, dass ama Schüler die Tente ausgoht, so hot er diesem oaverzüglich a neus Tintenfässle an da Kopf gworfen.

Wie i ama scheene Dag en dr Zeitung glese han, dass die Abendrealschul in Schwäbisch Gmünd ihren ersten Kurs startet, war für mi klar, do ben i derbei. Die Abendrealschul isch so a Sach, vorne verzählet d'Lehrer irgend ebbes ond henda wird Karte gspielt oder mit de nette Mädle gflüstert. Anderthalb Johr lang isch des so gange, aber no han mr zom Glück ganztags Schul ghett. Mein Mathelehrer, dr Herr Kiesel, hot ons emmer predigt: „Mut zur Lücke." Ond i muss sage, en Mathe war i bsonders mutig. Von meim Gschichtslehrer, dem Herrn Kazmarek, han i glernt, dass der Mensch aus seiner Geschichte nix lernt. Aufgrund von dem große Wisse han i au die mittlere Abendrealschulprüfung am a helle Nochmittag bestande, obwohl meine Note dergege gsproche hent. Aber was send scho Zahla, derfür gab es no en Zeugniszusatz: „Dieser Schüler isch zu ällem fähig“. Meine gute Lehrer hant gmoint, die mittlere Abendreife würd i wohl bis ins hohe Alter bhalte, aber do hant se sich täuscht .

Als früher Spätberufener ben i no mit 18 Johr en a Spätberufenenseminar eitrete, weil i eigentlich katholischer Pfarrer werre wollt. Aber onser Seminarleiter, der Herr Dr. Dr. Scholli hot en seiner Oafangspredigt gseit: „Buabe, ois müsset 'r euch merke, wenn euch auf dr Stroß a Mädle oder gar a Frau begegnet, oabedengt sofort d'Stroßaseit wechsle!“

Des war en dr ziemlich belebte Stadt, in die mi's noch dr Schul emmer triebe hot, mordsmäßig oastrengend. Derzua isch no komme, dass au mei spätere Frau net mit dem Zölibat eiverstande war. Drom hot es halt en katholische Pfarrer weniger gebe.

Da i schulisch gsehe reif, ja eigentlich überreif war, hant mir die Lehrer schließlich des Reifezeugnis nochgschmisse, om mi für emmer los zu werre. Drom han i mir gseit, Josef, lieber a Schul ohne Schrecke wie a Schrecke mit dr Schul, mach Schluss! Dann han i des auf em Bode liegende Reifezeugnis aufghobe, mein ohnehin zu kloi worrene Schulranze auszoge ond ihn an de berühmt-berüchtigte Nagel ghängt.

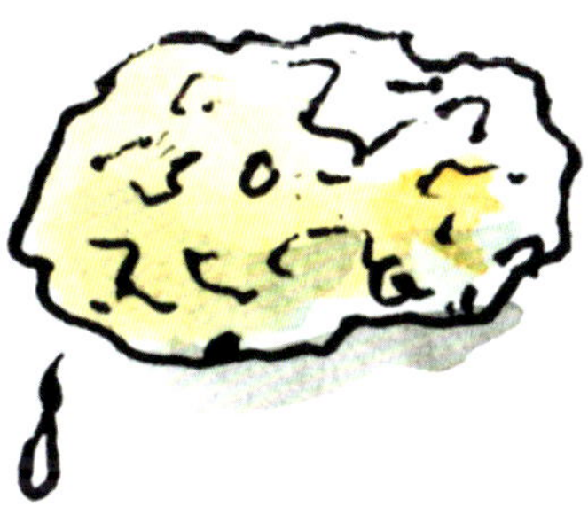

Der Gasmasken-Streich

Utz Baitinger erzählt:

Im Keller meines Elternhauses fand ich einmal zwei Gasmasken aus dem Zweiten Weltkrieg. Sie waren aus Schlabbelgummi mit großen Augengläsern, einer angeschraubten Filterdose vor dem Mund und einem kurzen Gummirüssel für die Nase. Auch mein Klassenkamerad Stuif war gleich begeistert; denn damit ließen sich die Lehrer erschrecken!

Zuerst traf es unseren gutmütigen Physiklehrer, den wir „Senf" nannten; warum, das wusste keiner mehr. Ich setzte mich im Physiksaal in die erste Reihe, Stuif in die letzte. Unvermittelt zog ich mir meine Gasmaske übers Gesicht und schnatterte mit dem Rüssel. Senf war über das komische „Insekt", das da saß, hell entsetzt. Er eilte herbei, schnell riss ich mir die Maske herunter und Stuif, ganz oben sitzend, setzte seine auf und schnatterte mit dem Rüssel. „Senf" eilte zu Stuif hinauf, der riss sich die Maske herunter und ich, ganz unten sitzend, setzte meine wieder auf, um mit dem Rüssel zu schnattern. Der ebenso harmlose wie ratlose „Senf" geriet ganz außer Atem, aber es kam ihm nicht die Idee, dass da zwei Gasmasken im Physiksaal waren.

Den gelungenen Spaß galt es gleich zu wiederholen. Im Chemiesaal dampfte und ätzte der Lehrer, den wir „Mono" nannten, weil er im Unterricht so monoton dahinsprach. Er durchschaute sofort, dass es zwei Gasmasken sein mussten. Auf der Stelle kommandierte er Stuif und mich streng militärisch herum: „Heraustreten – Gasmasken setzt auf – Arme vor – Knie beugt!"

Es wurde tatsächlich ein Spaß – für „Mono" und die ganze Klasse, aber nicht für uns zwei; denn bei den Kniebeugen ging uns unter den Gasmasken bald die Luft aus. Aber Mono war stur: „Keine Müdigkeit vorschützen – Knie beugt!" Wir mussten lange beugen und japsen. Endlich kamen wir unter den Gasmasken mit knallroten und völlig verschwitzten Gesichtern wieder zum Vorschein. „Mono" hatte uns endgültig ausgetrieben, unsere Späße mit ihm zu machen.

Kerle wie Wiesbeem

Helga Gackenheimer weist auf einen alten Spruch hin:

„Kerle wiea Wiesbeem." Heit secht mr lange Lulatsch. Onsr Lehrer hot zu dene lange Kerle oft gsagt : Kerle wia Wiesbeem ond schdenkfaul!" Wer's net woiß: A Wiesboom isch a lange Holzstang, dia mr über Heuwäge quer druf glegt hot, dass uf dr Hoimfahrt 's Hai net vom Waga gfloga isch.

Die Fußbäller

Kurz und knapp und einprägsam ist die Anweisung, von der Albert Morgenstern aus Sindelfingen berichtet: Wenn im Turnunterricht ein Fußballspiel anstand, sagte der Lehrer: „Es spielt Hemmedich gega Näggedich!"

Was wichtig isch

Hans Hägele, eingeschult 1941, berichtet von seiner Schulzeit.

Wir waren im Schnitt immer etwa 40 Schüler, die altersgemäß von einem Lehrer in Gruppen unterrichtet wurden. Während der Lehrer sich mit einer Gruppe beschäftigte, machten die anderen sogenannte Stillbeschäftigung. Für uns Jüngere war es interessant, bei den älteren Gruppen etwas mithören zu können. Ich erinnere mich auch noch gut an den gußeiserenen Ofen, der im Winter so befeuert wurde, dass er beinahe glühte. Was aber positiv an diesem einfachsten Schulsystem war, dass das Gemeinschaftsgefühl ungemein gefördert wurde – wir Jüngeren konnten von den Älteren manches lernen. Unser Lehrer in der Einklassenschule war ein hervorragender Pädagoge und Organisator. Es war bestimmt nicht einfach, diese Aufgabe zu bewältigen. Alle aus unserer Klasse sind etwas geworden – vom soliden Handwerker bis zum Akademiker. Deshalb kann ich über das Gerangel um die heutigen Schulsysteme nur milde lächeln, was aber nicht heißt, dass ich dieses Schulsystem wieder wollte. In jedem Fall klingen mir noch die Worte meines Vaters, eines gestandenen Handwerksmeisters, im Ohr: „Was entressiert mi, auf was für oiner Schual oiner war ond was für Noda er kett hoat. Wichtig isch, wia sich oiner bei d'Arbat astellt ond 's Beschte draus macht."

Drait's Saile?

Alexander Dürr aus Stuttgart erzählt:

Die Schulkinder sind früher auf den Riedsee Schlittschuh gelaufen. Morgens in der Schule haben sie sich gefragt, ob die Eisdecke schon tragfähig wäre: „Drait's Saile?" lautete die Frage. Trägt der See?

Lehrers Kender

Hans Hägele erinnert sich an diesen alten schwäbischen Ausspruch:

„Em ganza Ort doa gibts nex menders, wias Pfarrers Hond ond Lehrers Kender."

Die vergessenen Schülerinnen

Silke Stegmaier aus Alfdorf schildert ein Erlebnis aus ihrer Schulzeit:

Mir hend en dor Schual em Rechna da Zentner ond da Doppelzentner durchgnomma. Um ällas en der Welt han i des net kapiert. Meiner Klassakameradin isch es ebaso ganga. No hot dor Lehrer gsagt: „So, ihr zwoi bleibat noch om Onterricht no do, denn heit miaßat ihr nochsitza, no hend ihr Zeit zum Rechna." Er hot ons Aufgaba geba ond gsagt, er dät nochher wieder komma. Sei Wohnung war über onserem Klassazemmor, ond do isch er zom Mittagessa nuffganga. Mir hend grechnet ond send ganz brav dogsessa. Als mei Vaddor gega halb fenfe vom Gschäft komma isch, ond i no net dorhoim war, isch'r en d'Schual ond hot beim Lehrer klingelt. Der war ganz vordaddert – er hot ons oifach vergessa ghet! Mir hend von halb ois bis halb fenfe grechnet. Heit wär so ebbas odenkbar. Aber da Zentner ond Doppelzenter beherrsch i seither …

Vo de Lehrer

Sebastian Blau, der große Mundartdichter, hat sich in diesem Gedicht mit den Herausforderungen des Lehrerberufs befasst:

Mechteschct du a Lehrer sei?
Wer's et hot, kriagt Gallastei.
Dreißg so Bankert en dr Klass,
älle vo da gleicha Rass,
Buaba, Mädlen – lauter Koge
voller O'fürm ond verzoga.

Koan Respekt maih, fahrig, faul,
frech ond vorlaut mit em Maul.
Omesuscht ischt, was de schwätzscht-
's Learna konnt bei deane z'letzscht.
Gega Fuaßball, Fernseah, Schlager
wuud dr Lehrer zom Versager.

Klagscht de Alte, ihre Bua
sei a Tropf ond domm dazua,
noh konnscht a de lätz Adress:
„Was dr mei? Des konnt vom Schtress,
Sia verlangat z'viel, suscht wär er
Eester – 's fehlt am reachta Lehrer.

Ao em A'schtand sei-n-r schwach?
Deescht, Herr Lehrer, Ihre Sach!
Was mr selber dovo hend,
langet et ao noh fürs Kend,
überhaupt, zom Geldverdeana
braucht ma koan, des sad I Eahne …

Kuuzom, was a so re Krott
d'Kenderstub versomet hot,
soll dr Lehrer weleweag
feetig brenga – aohne Schläg!
Möchteschct du a Lehrer sei?
Noa, I hao schao Gallastei …

ICH HAB IHNEN ZU WENIG BEIGEBRACHT!

Hosaspannes ond Datza

Körperliche Strafen sind in der Schule heute undenkbar. Zum Glück. Früher dagegen waren Hosaspannes ond Datza gang und gäbe. Mr hot schnell Streich kriagt – aber mr hot de Lehrer au manchen gspielt.

Lass de schlaga!

Es war Anfang der Sechzigerjahre, unsere Neuwirtshausschule war klein, und so waren damals stets zwei Schulklassen in einem Klassenzimmer mit jeweils nur einem Lehrer untergebracht. So beginnt Manfred Lenz aus Stuttgart seine Schilderung eines denkwürdigen Vorfalls:

Einmal geschah es, dass während des Unterrichts der Schüler Bernhard irgend ebbas „bosgat“ hot, worauf Lehrer Hetzer fuchsteufelswild wurde, was dermaßen ausartete, dass er dem Bernhard da Ranza vollgschlaga hot, aber scho saumäßig. Inmitten des Getümmels schrie sein älterer Bruder Karl: „Bernhard, lass de z’dot schlaga, no muss er zahla!“ Der Lehrer war so verdutzt, dass er tatsächlich aufhörte, Bernhard zu malträtieren. Die Klasse johlte vor Vergnügen.

Strenge Disziplin

Ebbe Kögel aus Stetten im Remstal schreibt zu diesem schmerzhaften Schul-Kapitel:

Wenn wir uns mit älteren Menschen unterhalten, die jenseits der 70 sind, dann können diese viele Geschichten erzählen, wie sie früher – vor allem in der Schule – körperlich bestraft wurden, weil sie ihre Hausaufgaben nicht gemacht, die geforderten Disziplinarregeln nicht eingehalten hatten oder einfach zufällig Opfer des Zorns ihrer Lehrer wurden. Prügelstrafen waren an der Tagesordnung. Fast alle Lehrer haben körperlich bestraft. Und es gab auch einige in Lehrergestalt daherkommende Sadisten, die regelmäßig an ihren Schutzbefohlenen ihr Mütchen kühlten.

Am häufigsten wurden Daddså verteilt – gemeint ist das Schlagen mit einem Rohrstock auf die Innenhandfläche. Dieser Stock kam auch beim Hosårasslådså zum Einsatz, wo statt auf die Hand auf den Hintern geschlagen wurde. Zur Verstärkung der Schmerzwirkung der Schläge wurden die Hosen (meistens Lederhosen) vom Lehrer gespannt.

Das Prügelinstrument war ein spezieller Stecken aus Peddigrohr, auch Meerrohr oder spanisches Rohr genannt. Er war innen hohl und von hellbraun-gelber Farbe, ähnlich wie Bambus. Dieses Peddigrohr wurde aus Indien importiert und vor allem von Korbmachern als Geflecht für Stühle und Möbel verwendet. Und eben zum Vollzug der Prügelstrafe.

Der Fantasie der Lehrer bei der Erfindung von Strafen waren keine Grenzen gesetzt: Manche zogen ihren Siegelring am Kopf der Kinder runter, erteilten Schläge mit der Hand auf den Hinterkopf, zogen sie an den Haaren oder verzwirbelten diese zwischen den Fingern. Üblich war auch das Schlagen mit dem Lineal auf die Finger der Schüler.

Alle zu erwartenden drakonischen Strafen hielten die Kinder aber nicht davon ab, ihren Prügel-Lehrern immer wieder Streiche zu spielen. Einen davon hat Willy Brodbeck ausgeheckt, Jahrgang 1924, dessen Familie früher die Dorfmühle in Stetten im Remstal betrieb. Als zehnjähriger Schuålerbuå in der örtlichen Volksschule kam er auf die Idee, seinem Lehrer Karl Schenck, allgemein nur Schenggå-Karle genannt, einen Streich zu spielen:

Im Alten Schulhaus an der Kirchstraße gab es 1934 noch keine im Gebäude eingebauten Toiletten, sondern ein Aborthäuschen am Rande des Schulhofes, mit einer erhöhten Pissrinne für die männlichen Schüler. Der Willy hatte beobachtet, dass im Winter der Schenggå-Karle in der Pause an der Außenwand des Aborthäuschens stand, um dort, unter einem überhängenden Dach, das ihn gegen die Unbilden des Wetter schützte, sein Pausenbrot zu verzehren. Über ihm, in ca. 1,80 Meter Höhe, befanden sich zwei Fenster über der Pissrinne, die offen standen.

Listig sagte der Willy zu seinen drei Mitschülern Eugen, Ernst und Karl: „I hann grad so enn Drugg druff, lassed uns zom Fenschder naussoichå!“ Die anderen ließen sich auf den Wettbewerb ein, nicht wissend, dass ihr Lehrer auf der anderen Seite stand. Und taten ihr Bestes, um mit ihrem Strahl den nicht unbeträchtlichen Höhenunterschied zu überwinden. Eine durchaus athletische Leistung. Die Reaktion ließ nicht lange auf sich warten. Mit hochrotem und nassem Kopf kam der Schenggå-Karle, nachdem er sein feucht gewordenes Pausenbrot weggeworfen hatte, um die Ecke geschossen und packte die Übeltäter beim Schlafittchen. Die Strafe folgte sofort. Die vier mussten ins Lehrerzimmer kommen und erhielten dort eine größere Anzahl von Daddså.

Als sie sich nach der Schenck’schen Prügelorgie vor dem Lehrerzimmer trafen, sagte der Willy, seine schmerzenden Hände zwischen den Schenkeln haltend mit unterdrückter Stimme, aber mit einem verschmitzten Zwinkern zu seinen Komplizen: „Abr ååksoichd hemmern doch!“

Körperliche Strafen verschwanden erst in den 60er-Jahren aus den Schulen, den 1968ern sei Dank. Heutzutage würden die prügelnden Lehrer wegen Körperverletzung angezeigt. Damals wurde das anders gesehen. Oft wurden die Kinder, wenn sie vom Lehrer bestraft worden waren, von ihrem Vater zuhause gleich nochmal verprügelt. So nach dem Motto: „Der wird schon wissen, warum er dich bestraft hat.“

Einmaleins unter Schmerzen

I vrzehla, wia mir domols en meinr Hoemedstadt Pfullenga ’s kleine ond große Einmaleins glernt hent, schreibt Wolfgang Schall aus Waldenbuch:

Also ma hot jedn Dag a neie Zahl zom Lerna uffgriagt, zom Beispiel dr Siebener. En dr näxta Rechenstond hend glei älla aus de Bänk raustredda miaßa ond de offe Hand noch oba nausheba. No ischt dr Lehrer mit em Stecka durchgloffa ond hot jeden gfrogt: „Drei mol sieba“, „Siebe mol sieba“, osw. Wem’rs glei richtig gsagt hot, no hot mr wiedr nasitza därfa. Wem mer’s abr falsch gsagt hot oder mr hot zögeret, no hot’r mit em Stecka uff d’Hand druffgschlaga, ond no hot mr ao wiedr nahogga kenna. Am Schuljohresend hot jeder des Einmaleins kenna.

Am Schlemmschda war abr dr Pfarrer. Bei dem hot mr miaßa ens Eck odr vor d’Wand nastanda ond Hend waagrecht nausschdregga, oft bis Schdond rom war. Ond wenn da des nemme ausghalda hoscht on d’Hend nondergsonga send, no hot’r mit Stock druff ghaua. Sei Jonger, mei Schulkamrad, der hot dahoim drzua sogar uff a Spächale gnuila miaßa ond Ärm nausstregga. Heit dät i den anzeiga. Bei derra Routinefrog drhoim „Hoschd heit a Datz griagt?“ hoscht übrigens no ao bessr gloga.

Aunaitig

Irmgard Abt zitiert den Schönaicher
Ernst Keppler:

Dr Lehrer erklärt seine Kender,
wia wichtig das Spara heut sei;
aunaitige Wara vom Ausland
sott neamermai kaufa so glei.
Orascha, Zitrona, Banana
ond Dattla ond Feiga, manchs Pfond!
Ma könnt ohne älls des au leaba,
wär sicher au z'friedener ond au gsond!
Sait et so' en â'gschlagener Kerle:
„Herr Lehrer, mir isch dess net ganz klar;
isch no oser Meerrohr em Kasta
koi aunaitige Auslandswar?"

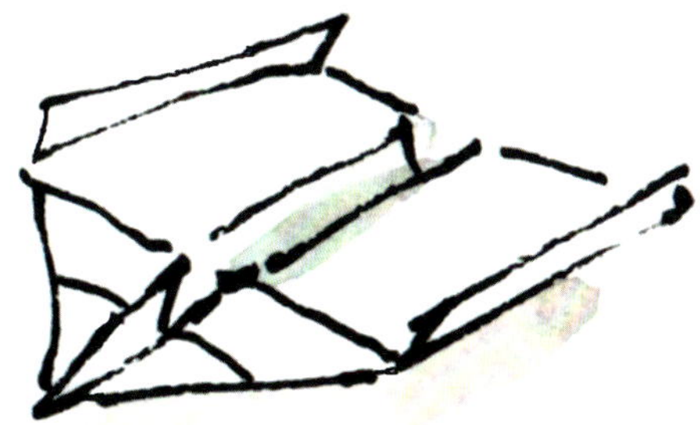

d'Aora stau lau

Ingo Sperl aus Backnang notiert:

Es gab neben den körperlichen Züchtigungen auch andere pädagogische Maßnahmen. Ich kannte zum Beispiel einen Dorfschullehrer, der Schülern androhte: „Wenn de net guad duasch, no lass i dir d'Aora stau!" Die Schüler konnten sich darunter meist nichts vorstellen, aber allein die Vermutung, dass etwas Schlimmes dahinter stecken müsse, tat ihre Wirkung.

Haselnussprügel

Rolf Schippert aus Oberschlechtbach schildert seine Erfahrungen mit körperlichen Strafen in der Schule:

Als ich 1945 eingeschult wurde, war die körperliche Züchtigung noch an der Tagesordnung. Auch was im Privatleben geschah, wurde, wenn es von irgendwelchen Petzern angezeigt wurde, in der Schule geahndet. Wir waren eine Zweiklassenschule, also eine Unterklasse vom ersten bis zum vierten Schuljahr und eine Oberklasse vom fünften bis zum achten Schuljahr. Diejenigen Eltern, die den Lehrer schmierten, deren Kinder wurden in der Schule nicht geprügelt und bekamen immer die besten Zeugnisse, auch wenn sie riegeldumm waren. Wir hatten damals in der Unterklasse einen Lehrer, der, wie sich viele Jahre danach herausstellte, gar kein Lehrer war. Von diesem bezog ich fast jeden Tag Prügel. Er schrie: „Flossen raus!" Ich musste alle fünf Fingerspitzen zusammentun, dann haute er mit einem Haselnussprügel drauf, sodass das Blut unter den Fingernägeln hervorquoll. Oder aber er fasste die Buben an den kurz geschnittenen Schläfenhaaren und hob sie daran hoch. Das waren Schmerzen! Dagegen fühlten sich normale „Hosenspannes" wie Streicheleinheiten an.

Formvollendete Hosenspannes

„Tatzen“ mit dem Bambusröhrchen handelte ich mir mehrfach ein, „Hosenspannes“ dagegen nur ein einziges Mal. Da war ich schon zwölf Jahre alt und ich hatte es verdient, schreibt Utz Baitinger. Obwohl es längst zur Pause geklingelt hatte, kritzelte unser Deutschlehrer weiter seine Grammatikregeln an die Tafel. Wir nannten ihn „Kurzum“, weil er seine Sätze gern mit diesem Wort begann. Hinter seinem Rücken strebten schon einige Schüler zur Tür hinaus, so auch ich. Und ich fand, es sei ein lustiger Streich, von dort aus einen Papierbolzen an die Tafel zu schießen, knapp vor „Kurzums“ Nase vorbei. Meine Schleuder schnalzte, der Bolzen flog – oh Schreck! – direkt auf Kurzums „rechte Backe“! Waidwund getroffen fuhr er wie eine Furie herum, packte den Schüler, der ihm am nächsten stand, und verhaute den Unglückswurm rechts und links, wo er ihn traf. Ich wiederum entfloh und versteckte mich im Knabenklo.

Dort wurde mir bald klar, dass ich den Rest meiner Schulzeit nicht auf einer Kloschüssel stehend verbringen konnte. Unter den Rufen „er kommt, er kommt“ schlich ich zurück ins Klassenzimmer, auf Gnad' und Ungnad'. Dort stand „Kurzum“ mit vor Schmerz und Zorn geröteter Backe, in fester Faust den harten Haselstecken. Er gab den klassischen Steißtrommler, legte mich übers Knie, zog mir den Hosenboden stramm und schwang den Stock. Es war eine formvollendete Hosenspannes, die er mir unter den schadenfrohen Blicken meiner Klassenkameraden verabreichte. Zu meinem Glück war Kurzums Schlagkraft schon durch seine Schlägerei mit dem unschuldigen Mitschüler weitgehend erlahmt.

Im Nachhinein bin ich dem zu Recht erbosten Lehrer und dem zu Unrecht verhauenen Mitschüler sogar dankbar; denn hätte einer meine Missetat dem Rektor gemeldet, wäre die Affäre bürokratisch ausgeartet.

Ein schmerzhafter Zweier

Gerhard M. Berroth aus Kirchberg an der Murr erzählt:

Anno 1951 ben i ens Gymnasium im heiliga Korntal komma. Heit woiß i, dass dia Lehrer domols älle mai oder weniger vom Kriag traumatisiert warat, em oina hot dr Fuaß gfehlt, em andara dr Arm oder an Aug. Drom lass i trotz ällem uf dia Lehrer vo domols nex komma! Onserem Gschichtslehrer, kriegsbeschädigt, haun i meine letzte Ohrfeiga zom verdanka – mit fuffzehn Johr: Normalerweis war i en Geschichte guat, aber en dr letzta Arbeit hau-n i glatt en Vierer gschrieba, jetzt en dr nuia wieder an Zweier. I soll rauskomma, hot dr Lehrer gsait, ond wo i vor em gschtanda be, håt der an mi dui saublöd Frog noglau, worom i jetzt en Zweier gschrieba hätt. En dr Verlegaheit han i nå au a saudomme Antwort gea: i hätt halt mai glernt. Ond vorher hätt i wohl nix glernt, hot er gmoint, ond hot mr zwei ausgwachsene Backpfeifa agedeiha lau. Jano, der Zwoier hot me gfreit ond dia Backpfeifa warat eba dia Spesa!

Dr Bua!

Eine Anekdote von Hans-G. Raub:

D'Muadr frogt ihrn Bua: „Warsch oschdändig ond hosch au nix ogschdellt?“ Dr Bua: „Was hett i au oschdella solla, wenn mr dr ganze Morga em Egg schdanda muass!“

Stricken mit Grausen

Renate Nägele aus Großdeinbach berichtet:

Es war kurz nach dem Krieg. In der Handarbeitsstunde war a Mädle, die konnte absolut nicht stricken. Die Lehrerin forderte mich auf, es ihr zu zeigen. Das Mädchen litt jedoch unter Krätze (ein Hautauschlag an den Händen), und mir hat es vor diesem „Gstrick" saumäßig gegraust. Da hab ich einfach das Gstrick zwischen Daumen und Zeigefingern genommen und eine Masche von der Nadel auf die andere „glupft". Die Lehrerin hat das gesehen, und ich musste vorne am Tisch vor ihr sitzen. Während der ganzen restlichen Stunde hat sie mir mit ihrem großen Lineal auf die Hände geschlagen, sodass ich ein paar Tage geschwollene Hände hatte. Dazu hab ich von der Oma eine „geschmiert" bekommen, als sie erfahren hat, warum. Denn der Vorfall wurde ins Klassenbuch eingetragen und das wurde ihr von einer Klassenkameradin erzählt.

Zum Denken anregen

Ich bin 1961 in die Schule gekommen und da waren „Datza" bereits die Ausnahme, merkt Wolfgang Dittebrandt aus Bondorf an:

Allerdings waren sonstige Züchtigungen noch gängig – „Hosaspannes" zum Beispiel. Zur Verstärkung der Schläge mit dem Stecken wurden die Hosen gespannt. Im zweiten Schuljahr wurde bei uns die ganze Volksschule mit ihren acht Klassen und einer Stärke von 50 bis 65 Schülern je Klasse ins Treppenhaus einberufen und der damalige Rektor demonstrierte „Hosaspannes" an einem extrem ungehorsamen Schüler, indem er ihn vor allen Schülern züchtigte. Das waren mehrere Schläge mit dem Stock auf das Hinterteil.

Als Züchtigungsmittel wurde bei uns auch folgende Methode eingesetzt: Der Lehrer schlug mit dem Knöchel seines Mittelfingers gegen den Kopf des Schülers, „um zum Denken anzuregen", wie es hieß. Außerdem drückte der Lehrer einen Radiergummi im Nacken des Schülers nach oben, was höllisch schmerzte, und dann wurde man auch noch an den Ohren nach oben gezogen, sodass man zwangsläufig aufstehen musste.

Dr Farrenschwanz

Gelegentlich wurde allerdings auch in die andere Richtung ausgesteilt. H.-P. Ullmann aus Nufringen schreibt:

Dr Farrenschwanz isch dr Penis vom gschlachtata Ochsa (gedreht und getrocknet), ond isch als Knüppel verwendet worda, om d'Viecher ens Schlachthaus zom treiba. Diesen Knüppel hat mancher ungeliebte Honoratior (Lehrer usw.) früher zu spüren bekommen, wenn er nachts allein auf dem Nachhauseweg war! Rache war süß!

Spuren des Krieges

Ich wurde 1945 in Möhringen eingeschult, schreibt Rolf Artmann aus Winnenden:

Wir hatten einen Lehrer, der schreckliche Kriegserlebnisse hinter sich hatte. Wenn während des Unterrichts ein Flugzeug vorbeiflog, musste er seinen Unterricht immer abbrechen. Er ging zum Fenster und weinte bitterlich, bis das Flugzeug weg war. Einmal war ich während des Unterrichts angeblich vorlaut. Unser Lehrer holte mich zur Datzenabholung vor die Klasse. Normalerweise waren für solche Vergehen mindesten zwei Datzen angeordnet. Für größere gab's Hosaspannes. Die Prozedur begann. Der gewiefte Lehrer griff mit einer Hand unter den Ellbogen der ausgestreckten Hand, dass man sie nicht zurückziehen konnte. Kurz bevor er mit dem Zeigestab ausholte, setzte ein Flugzeug zum Anflug an. Der Lehrer legte seinen Zuchtstab weg, rannte zum Fenster und weinte in sein großes, weißes Taschentuch. Zum Glück ist das Flugzeug sehr langsam geflogen, als es vorbei war, saß ich längst wieder auf meinem Platz. Der Lehrer kam an meinen Platz und sagte: „Jonger, des mol hosch Glück ghabt – 's nächste Mol gibt's dofür drei!"

Keine Unschuldslämmer

Lisa Stürner weist auf Folgendes hin:

Manchmol send dia Kerle, die Hosaspannes kriegt hen, ed ganz o'schuldig gwea. Dia hend nämlich am Lehrer sein weißa Kittel mit Tenda vollgspritzt, wenn er sich omdrehd hot, ond do dafier hend se no Tatza oder Hosaspannes kriagd. No hend se uff ihre Hend Salz druffgstreud, dass dia richtig geschwolla send, ond des hend se no dahoam zeigt. No ischd dr Vadder en d'Schual komma ond hod da Lehrer schelda wella. No hod er erschd erfahra, was sei Büable agschdelld hod. Jeder isch mal drakomma.

Renate Rother aus Luginsland bestätigt diese Erfahrung:

Mir Schüler warat au net ohne! Manchen Dug hemmer de Lehrer oder Mitschüler gschpielt! Jeder isch mol drakomma. Wenn mr no oira henda drei ruafa hot könne:

Ilse, billse, koiner willse,
kommt dr Koch
nemmt se doch!

Oder:
Walter, Schalter, Fedrahald'r,
wenn er na'fliagt,
no verknalld'r!

Wenn oiner oder oine rote Hoor gheht hot:
Ond wenn dr (de) Rot
nach Hause kommt,
do isch die Mama froh,
do braucht se koi Petroleum,
der (die) Rote leuchtet so!

Oder:
Marianne, Kaffeekanne
sitzt in der Badewanne,
Badewanne kracht,
Marianne lacht!

Oder:
Gretl, Paschtetl
was machat deine Gäns,
se sitzet em Wasser
ond wäschad ihre Schwänz!

Bei meim eigana Nama war's kurz:
Renate, Tomate, Granate!

Mehr oder weniger isch jeder mol dra komma!

Heidasack gsagt!

Rosmarie Martin aus Winnenden erzählt:

„Mein Bruder besuchte in den 50er-Jahren das Kepler-Gymnasium in Bad Cannstatt. Einmal berichtete er zu Hause von folgendem Vorfall: Im Chemieunterricht hatte der Lehrer einen Schüler zu einem Versuch herausgerufen. Am Experimentiertisch beugte sich der Schüler über den Bunsenbrenner, dabei fing seine herabhängende Haartolle Feuer. Der Lehrer bemerkte die Flamme nicht sofort, handelte aber dann rasch und besonnen. Er war noch in großer Erregung und rief in die Klasse: ‚Hat das niemand von euch bemerkt? Warum hat mich keiner gewarnt? Warum habt ihr euch nicht gemeldet?‘ Da ging irgendwo brav ein Finger hoch. Der Schüler wurde aufgerufen und sagte: ‚I han doch ‚Heidasack‘ gsagt!‘ Ein Schüler dieses Jahrgangs, Gerhard Ertl, bekam übrigens 2007 den Nobelpreis für Chemie.“

Apfelkerne gegen den Lehrer

Von Marianne Schulz stammt dieser Beitrag:

Meine Mutter (Jahrgang 1899) hat sich während des Schulunterrichts öfter damit vergnügt, Apfelkerne zwischen die Fingerspitzen zu klemmen und abzufeuern. Unglücklicherweise traf sie eines Tages den Lehrer, der sie zum 100-maligen Schreiben des Satzes „Ich darf nicht mit Apfelkernen schießen“ verdonnerte. Ob de- oder übermütig brachte sie den Text 101-mal zu Papier. Die schulmeisterliche Prüfung kam zu dem Ergebnis: „Da du offenbar nicht richtig zählen kannst, schreibst du das bis morgen noch einmal 100-mal!“ Kein Wunder, dass meine Mutter diesen Satz bis zu ihrem letzten Lebensjahr 1992 nicht vergessen hat.

Abendgebet uf dr Gass

Familie Härtter aus Gültlingen gibt eine Geschichte ihrer Mutter (Jahrgang 1938) wieder:

Wenn mir früher als Kinder abends noch uf dr Gass gspielt hen ond es uf a Märga gläudet hat, hen mir guckt, ob der Lehrer R., ein sehr gläubiger Protestant, unterwegs war. Wir wussten, wenn wir ihm über den Weg liefen, mussten wir stehen bleiben und folgendes Gebet mit ihm beten:

Liebster Mensch, was mag's bedeuten,
dieses späte Abendglockenläuten?
Es bedeutet abermals
unseres Lebens Ziel und Zahl:
dieser Tag hat abgenommen,
bald wird auch der Tod herkommen;
drum, o Mensch, so schicke dich,
dass du sterbest seliglich. Amen

No hen mir nadürlich guckt, dass mir lieber Versteckerles gspielt hen als Fangerles ...

Hier wird nicht geklopft!

Rosmarie Martin aus Winnenden ist dieses Erlebnis in Erinnerung geblieben:

Zur Schulzeit meiner Mutter gab es in Untertürkheim einen Lehrer, der im Haus eines Küfers zur Miete wohnte. Auf dem Gehweg standen immer einige Holzfässer, und Schulbuben hatte die Gewohnheit, im Vorbeigehen mit einem Stock auf die Fässer zu schlagen. Das störte den Lehrer oben an seinem Schreibtisch erheblich! Deshalb machte er ein großes Pappschild mit der Aufschrift: „Hier wird nicht geklopft!" Das half aber nicht viel: Kurze Zeit später wurde wieder auf die Fässer gedroschen. Da griff sich der Lehrer einen Stock und rannte hinunter auf den Gehweg. Der Missetäter war auch noch nicht entwischt, und der empörte Pädagoge packte ihn am Kittelkragen, um die Züchtigung zu vollziehen. Doch auf seinem Rücken prangte das Plakat mit der Mahnung: „Hier wird nicht geklopft!" – vom Lehrer selbst geschrieben! Der hatte dann so viel Humor, dass er sich an das Klopfverbot hielt!

Rosmarie Martin fährt fort: Für unsere Enkel habe ich Episoden aus meiner Grundschulzeit aufgeschrieben. Daraus zitiere ich eine einschlägige Stelle:

Manchmal mussten Lehrer auch zwei Klassen versorgen. Es war ja Krieg, und das Personal war knapp. Wenn Herr K. in einer anderen Klasse war, mussten bevorzugte Schüler Stallwache halten. Sie hatten den Auftrag, die Namen der Kameraden an die Tafel zu schreiben, die nicht still bei ihren Aufgaben blieben. Wer also nicht an seinem Platz blieb oder zu laut wurde, war später Gegenstand eines skurrilen Strafgerichts: Herr K. rief zuerst die Mädchen der Reihe nach zu seinem Pult. Sie mussten die rechte Hand ausstrecken und empfingen mit einem dicken Stock ihre Tatze. Die meisten gingen lachend zurück an ihren Platz, denn die Schläge waren nur halb ernst gemeint. Bei den Buben lief dann folgendes Ritual ab: Herr K. ließ die Delinquenten antreten, rief einen nach dem andern auf und kommandierte: „Kompliment!". Der Knabe musste sich bücken, „Spenzer hoch!" – der Jackensaum musste hochgeklappt werden, um die volle Po-Rundung freizugeben, und dann erfolgte ein erträglicher Stockhieb. Das war's – der Nächste bitte!

Prügel vom Bruder

Zum vorangegangen Beitrag schreibt Hildegard Waniczek aus Schorndorf:

Beim Lesen des Textes von Rosmarie Martin erinnerte ich mich an meine ersten Schuljahre, allerdings nicht im Schwabenländle, sondern in einer kleinen Dorfschule in Oberschlesien. Auch bei uns waren mehrere Jahrgänge zusammen in einer Klasse. Als ich ungefähr neun Jahre alt war, bestimmte der Lehrer einmal aus irgendeinem Grund, dass ich während seiner Abwesenheit für Ruhe sorgen und die lauten Schüler an die Tafel schreiben sollte. Dumm nur, dass mein älterer Bruder und eine Cousine ebenfalls in dem Klassenzimmer waren. Die beiden verhielten sich nicht ruhig und so schrieb ich sie an die Tafel, wollte sie aber dann schnell abwischen, sobald der Lehrer kam. Das klappte nicht, weil der Lehrer plötzlich wieder in der Klasse stand. Nun, alle die ich aufgeschrieben hatte, bekamen ihre Strafe. Doch das dicke Ende kam erst noch. Nachdem die Schule vorbei war, wurde ich draußen von meinem Bruder und meiner Cousine verhauen. Das hatte ich davon.

Die Fleischmugg

Tatzen gab es im Johannes-Kepler-Gymnasium in Bad Cannstatt Mitte der 50er-Jahre keine, auch Backpfeifen waren tabu, erinnert sich Volker Joas aus Weinstadt:

Damals konnte man, wie sicherlich heute auch, mit einigen Lehrern das Michele machen. Hartgesottete Lehrkräfte lehrten einen allerdings das Fürchten – etwa unsere Physiklehrer, dessen Name mit drei Buchstaben genau so war wie das Klima seiner Unterrichtsstunden. Keiner von uns Schülern traute sich, nicht einmal einen kleinen Scherz zu machen. So saß er einmal vorne auf einem Tisch und referierte, als eine große, dicke Fleischmugg neben ihm abstürzte und, auf dem Rücken liegend, nur noch Pirouetten drehte und mehr Krach machte als die gesamte Klasse in einer Schulstunde. Ohne den Blick von uns zu nehmen, redete er unbeirrt weiter und kickte gekonnt mit dem Zeigefinger den Störenfried auf den Boden. Ein, zwei Schritte nach vorne, und das Chinin der Mücke krachte laut. Auch in dieser Situation, als wäre nichts gewesen, setzte er mit einem Pokerface sein Referat fort und außer einem nach innen gequälten Lächeln war für uns Schüler nichts drin.

„Des isch mei Ma!"

Albrecht Hartmann erinnert an die Prügelstrafe:

Die Körperzüchtigung war in früheren Zeiten gang und gäbe, auch in der Schule, wo viele Lehrer recht schnell zum „Datzastock" griffen, um einem oder mehreren Schülern eine „Datz" zu verabreichen. In der Regel wurde diese mit einem Rohrstock auf eine der Handflächen geschlagen – und oftmals blieb es nicht nur bei einer „Datz". Das heißt nicht, dass körperliche Züchtigungen generell akzeptiert waren. Einmal blieb zum Beispiel ein Dorfschullehrer auf seinem Heimweg vor einem Haus stehen, in dem gerade eine Frau von ihrem Mann verprügelt wurde, sodass es sogar auf der Straße zu hören war. Als der Lehrer zu einer Strafrede wegen Körperverletzung ansetzte und dem Mann zurief, er möge sofort mit dem Schlagen aufhören, bäffte die gerade noch verhauene Frau ihn an: „Des isch mei Ma! – der goht Sia gar nix a!"

Wer vergisst, muss fühlen

Eine persönliche Erinnerung von Kurt Brosko aus Großbettlingen:

Es war um das Jahr 1960 in einer Schule in Wendlingen. Ein Lehrer verteilte Tatzenhiebe, wobei der Stock zerbrach. Auf die Frage, wer dem Lehrer am nächsten Tag einen neuen Stock besorgen könne, meldete sich ein Schüler. Allerdings vergaß der Schüler dieses Vorhaben und brachte den Ersatzstock erst am übernächsten Tag mit. Wegen dieser Vergesslichkeit bekam er als Erster den von ihm mitgebrachten Stock zu spüren.

Ich erinnere mich auch an folgende Szene: Es war in der Weihnachtszeit, und einige wenige Schüler durften den Weihnachtsbaum schmücken. Die übrigen Schüler mussten sich in der Klassenecke aufstellen und während des Baumschmückens Weihnachtslieder singen. Wer dabei nicht laut oder deutlich genug sang, bekam dann mit dem Stock „Nachhilfe" auf Kopf und Schulter.

Stolzer Zigamber!

Marga Dutczak aus Weissach im Tal schreibt:

Mein Vater (Jahrgang 1916) erzählt, dass ein Lehrer die Züchtigung der Schüler mit folgendem Spruch einleitete: „Vorn herunter, du stolzer Zigamber, Nacken gebeugt, Füße baumeln lassen, Popo schön hinausstrecken."

Die Mauer, die später fiel

Eine Geschichte von Aline Groß aus Stuttgart-Weilimdorf:

Noch'm Schualschluss hen mir emmer – weil dr Weg über da Schualhof a bissle arg lang gwä isch – a Abkürzong über a ca. 1,30 Meter hohes Mäuerle gmacht: Schulranza nübergschmissa ond no nochgstiega. Dr Hausmoischter hot ons des verbota, aber mir hen deam net gfolgt. Der muaß des onserem Lehrer verzählt han, hot ons der doch abpasst ond jedem ond jedera, wo nüberghopft isch, oinzeln Tatza geba. Ond mir hen müaßa wieder zrück ens Klassazemmer ond als Strofarbeit 100-mol schreiba: „Ich darf nicht über die Mauer steigen." So ebbes gemeins. Des Stück Mauer hen se später abgrissa ond der Weg ist jetzt frei zugänglich.

Mach koi Gschiss

„Ich bin Jahrgang 1967“, beginnt Gabi Schlewek aus Bempflingen (ehemals Ennetach bei Sigmaringen) ihre Schilderung:

Im Kindergarten mussten wir ins Kohlenkämmerle, wenn wir nicht brav waren (eine stockdunkle Kammer abseits des eigentlichen Spielraumes). Wer mittags nicht schlafen wollte, musste „ins Eckle stau“. In der Schule, in der dritten und vierten Klasse, stand dann hinter dem Vorhang der Stock, der „Fifi“, den auch schon meine Eltern zu spüren bekommen hatten. Vor dem hatten wir alle einen Heidenrespekt. Unsere Jungs spürten ihn dann auch gelegentlich, wenn sie ihn über die Finger gezogen bekamen. Wir Mädels hatten Glück, wir waren wahrscheinlich schon etwas gehemmter erzogen und selten so frech. Trotzdem gingen wir sehr gerne in die Schule und mochten unsere Lehrer trotz allem. Seltsam …

Was mir auch noch in guter Erinnerung ist, sind unsere Ausflüge in der Grundschule. Wir mussten meist in Zweierreihen gehen und uns an den Händen halten. Bei einem dieser Ausflüge bekam meine Freundin unterwegs Hunger. Sie wollte ein Ei aufmachen. Dies war aber im Laufen nicht so einfach. Schwupps schlug sie das hart gekochte Ei dem Jungen vor uns auf den Kopf und schon war es auf. Den erstaunten Blick können Sie sich sicherlich vorstellen. Meine Freundin meinte nur lapidar: „Lauf weiter ond mach koi Gschiss, so weh hot des it dau. Ond suscht het i des Oi jo it aufkriegt.“

Wie bei Max und Moritz

An folgende Begebenheit erinnert sich Elvira Rudat aus Tischardt:

In der 8. Klasse bekamen wir einen neuen Religionslehrer und zwar den Kantor Herr Brandstetter. Er war ein bisschen ein komischer Kauz und erinnerte mich an den Lehrer Lämpel bei Max und Moritz. Bei uns war er nur der Herr Brandstifter. Wir Mädchen nahmen ihn nicht ganz ernst und trieben unseren Schabernack mit ihm. Eines Tages wurde es ihm zu bunt und er rannte wutentbrannt aus dem Klassenzimmer, wobei er die Tür mit einem lauten Knall zuschlug. Vor der Tür standen unser Klassenlehrer und der Rektor der Schule. Die hatten natürlich mitbekommen, dass da etwas nicht in Ordnung war. Unser Lehrer berichtete ihnen. Nun kamen die drei herein und wollten von uns wissen, was los war. Natürlich verhielten wir uns still, denn keiner wollte petzen. Da kam der Rektor auf die grandiose Idee, uns alle zu bestrafen. Also mussten wir Mädchen in Reih und Glied antreten. Der Rektor holte aus und knallte jedem von uns eine Ohrfeige ins Gesicht, die sich gewaschen hatte. Man muss sich das vorstellen: Wir waren damals schon 14 bzw. 15 Jahre alt und mussten uns so etwas gefallen lassen! Zu Hause haben wir das nicht erzählt, ich denke bei mancher Schülerin hätte es dann nochmal gefunkt. Unser Lehrer wurde später abkommandiert. Nachfolger war der Stadtpfarrer. Vor dem hatten wir mächtig Respekt. Bei dem ging's aus amma andara Häfele.

Geld statt Hiebe

Erwin Gayer aus Nussdorf schildert eine „originelle Bestrafung“:

En dr alda Schual en Nussdorf hot's drei Klassazemmer gä: d'Onnerglass, d'Middlglass ond d' Owwerglass. En dr Onnerglass senn d'Erschd-, d'Zweit- onn d'Drittglässler beiananner gwä, en dr Middlglass d'Viertglässler, d'Fuffdglässler ond d' Segstglässler ond en dr Owwerglass d'Siebt- on d'Achtglässler. Mir Onnerglässler henn damals em Vormiddag schbäder Schual ghet wia de Eldere, ond wenn mr halt schau a bissle belder an der Schual gwä isch, hot mr halt no Suacherles oder Fange oder sonscht ebbes dau. Oimal hen mir au Fange dau, sen de oi Schdaffl nuffgsaut ond de anner henna widder na, so emmer em Reng rom. Mir henn drbei hald a saumäßichs Gschrei gmacht. Uff oimal isch an dr Owwerglass 's Fenschdr ufganga, dr Lehrer hat rausguggt ond hot os laut abzählt: „Ois, zwei, drei, vier, fenf, ihr kommet sofort rei zo mir!“ Auwe, auwe, oos hot's Herzle bogglt, mit schlemme Erwardonga senn mr en des Klassazemmer neigschlicha. Na hat oos dr Lehrer vorna an dr Dafl ond am Pult en oiner Reihe nogschdellt. Jetzt hat'r fenf von dene grauße Mädla rausgholt, hot emmer oine zo oim von oos Buaba nagschdelld, hot jedera en Schdegga en d' Hann driggt, dass dia oos Datza gäwa solla.

Dene Mädla isch's sicher genau so Angscht gwä wia oos. Se hen oos schau am Handglenk heba meaßa ond älle em Klassazemmer henn uffs Kommando gwaart, no secht dr Lehrer ganz laut: „Halt!“ – hat en sei Hosadascha neiglangt, dr Geldbeidl rauszoga on jedem von oos Kerle a Fenferle oder a Zehnerle en d' Hann driggd on gsait: „So, jetzt vorschwendet'r, ond i will nex moi hehra!“

Hätten wir damals vom Lehrer ein Datze bekommen, wäre die uns kaum in Erinnerung geblieben, aber an diese sonderbare Bestrafung denkt man auch noch nach über 65 Jahren.

Vielsagender Nachruf

Horst Bauer aus Aidlingen schreibt:

In einer Todesanzeige eines verstorbenen Lehrers soll gestanden haben: „Ein fröhlich Lehrerherz und zwei nimmermüde Hände haben aufgehört zu schlagen."

I hau dr nix dao

Walter Dingler aus Weil der Stadt-Schafhausen hat ebenfalls schlagkräftige Lehrer erlebt:

Do hemmer amol dees Liad „ein Sträußchen am Hute, den Stab in der Hand muß ziehen der Wanderer von Lande zu Land" omdichtet in: „Ein Sträußchen am Hute, den Stab in der Hand, muß ziehen der Lehrer von Banke zu Bank, er haut auf die Köpfe, da schreien die Möpfe ‚Herr Lehrer, lass gao, i hau dr nix dao!'"

Mund auf!

En dr Schul hen mir en saugroba Musiklehrer ghet, schreibt Hans Hägele aus Schwäbisch Gmünd. Zom Afang von dr Musikstond hoat ma emmera Liad gsonga. Wenn oiner beim Senga 's Maul net gnuag aufgmacht hoat, hoat'r gschria: „Mensch, reiß dei Lafette auf, dass ma d'Helle von henda sieht!"

Eine Offenbarung

Doris Frank-Dietz aus Ötisheim berichtet:

Es war in der 2. Klasse in unserer winzigen, einklassigen Dorfschule. Eine Mitschülerin war im Allgäu in Erholung gewesen und wieder zum Unterricht erschienen. Sie trug zu unser aller Begeisterung einen kleinen Anstecker am Jäckchen, an dem eine winzige Kuhglocke hing, die richtig bimmelte. Sie saß direkt hinter mir und immer wieder hörte ich das Glöckchen bimmeln. Das veranlasste mich, mich im Religionsunterricht umzudrehen, wozu ich aber gar nicht kam, weil unser Herr Pfarrer mit einem Satz hinter seinem Pult hervorschoss und mir mit voller Wucht die Bibel von Moses bis zur Offenbarung aufs Haupt donnerte. Das Geräusch, das danach in meinem Kopf entstand, übertraf alles Bimmeln einer kleinen Kuhglocke und das schadenfrohe Gelächter meiner Mitschüler machte das Erlebte noch peinlicher. Viel später, bei unserer 40-jährigen Feier, sprach ich den schon in die Jahre gekommenen Pfarrer, der unserer Einladung gefolgt war, darauf an; aber leider konnte er sich an dieses schlagende Argument nicht mehr erinnern. Wir fanden uns aber sehr sympathisch und haben bis zu seinem Tod Kontakt gehalten.

Das große Abschlussfeuer

Gernot Beichle aus Nürtingen berichtet:

Ich habe meine Grundschulzeit ab 1950 in der Schlossbergschule in Nürtingen verbracht. Unser Lehrer war während der ganzen Zeit der bei Schülern und Eltern angesehene und beliebte Rektor Knöll. Aber auch der hatte einen Stecken. Die Buben bekamen bei „Bedarf“ Hosenspannes und die Mädchen Tatzen. Mit Abstand am meisten traf es Eckardt, den Sohn einer angesehenen Nürtinger Unternehmerfamilie. Zum Abschluss der Grundschulzeit ging die ganze Klasse mit dem Rektor in den damals mit Kohle befeuerten Heizraum in die Mörikeschule. Dort durften wir dann unsere Hefte in die große Feuertüre werfen und Eckardt durfte dort auch noch „seinen“ Stecken verbrennen.

’s Ernschtle

Ein Gedicht, das seine Frau schon als Kind bei einer Hochzeitsfeier aufsagen durfte, hat Siegfried Schmidt aus Waldstetten eingeschickt: Der Bräutigam war Lehrer und hieß Ernst. Deshalb auch der Titel „’s Ernschtle“:

’s Ernschtle hot halt am Rechna koi Fraid, drom hot dr Lehrer heit zuem gsait:
„Sag bloß, was e mit dir no ofanga soll, s’Bescht isch, i schlag drs Hendrdoil voll.“
Laut duat’s Ernschtle heila ond flenna: „Au halt no it drufschlaga – i will me no bsenna.“
Dr Lehrer, a lieb arg guadr Ma, muaß lacha ond legt sei Meerrehrle na.
Er hot des Strofgricht nomal vrschoba, ’s Ernschtle hot scho sei Sitzleadr ghoba:
„Dia Hosaspannr dia schenk dr heit.“ ’s Ernschtle hot denkt: „Desmol bisch gscheit.“
„Zor Strof griagsch aber a Rechnengle auf, wenns recht hosch, kommsch morga om ois nauf.
Dei Vadr soll dr halt helfa drbei, so hell wia du wird’r hoffentlich sei.
’s isch ja a Metzger so viel i wois, drom schreib auf dei Dafel was i di hois:
5 Pfendla Rendfloisch, 3 Kilo Speck ...“ ’s Ernschtle hot denkt: „Was geit des fr’en Dreck.“
„10 Pfendla Kalbfloisch von ra Kua, 2 Pfond Salz, 3 Moß Wasser drzu.
Des ällas vrhackt ond vrknauzlat ma no, ma hoist des Lombazuig: Brät oder so.
Jetzt rechnascht aus wia viel Broatwirscht des geit, aber genau bis morga hosch Zeit.“
’s Ernschtle hot grechnat drhoimda ond gschwitzt, 3 Griffl vrschrieba, ’s hot ällas nex gnitzt,
bis no dr Vadr sait: „Gib amol her – isch denn dui Rechnong so saumäßig schwer?“
z’erscht glotzt dr dui Aufgab a halba Stond a, na schempfd’r ond schreit’r was’r vrka:
„De’sch doch koi Rechnong zom Rechna beim Strohl, so hell des z’rechnat be i et amol.
Wenn Sia abr so a Hauptgscheidle send, no gäb i ehne a Rechnong auf gschwend:
Mei Gaul frisst em Dag 10 Pfendla Hai – hi un da weniger, manchmol au mai.
5 Pfendla Habr, 3 Kilo Strau ond 10 Liter Wasser des sauftr ällas au.
So jetzt deant se sich no net scheniera ond hoggat se no ond deant se studiera,
jetzt rechnat se aus, se send ja so gscheid: Wiavel des am Dag au Rossbolla geit!“

Was mir glernt hen

Fürs Leba lernt mr, net für d'Schul. So sagt mr. Früher hot mr bsonders viel fürs Leba glernt, weil mr net bloß en d'r Schul hot schaffa müaßa. 'S Leba isch koin Ponyhof, sagt mr heut. Früher war's koin Schleckhafa.

Von A wie Adler bis Z wie Zapf

Tabea Niethammer aus Unterjettingen gibt die Version des Alphabets weiter, die sie von ihrem Opa, dem Lehrer Jakob vo Eschlbronn (Jahrgang 1892), gelernt hat:

Ich war während meiner Grundschulzeit jeden Tag bei meinen Großeltern, daher denke ich, dass mein Opa es mir schon als Erstklässlerin beigebracht hat:

Adler, **B**eck, **C**ucker, **D**oadele (was immer das ist), **E**ffle, **F**auler, **G**erhard, **H**ond, **i**st, **K**raut, **L**ena, **m**ag, **N**udla, **O**tto, **P**feiffer, **Q**uadler, **S**udler, **T**udler, **u**nd, **v**on, **W**agen, **x**, **Z**apf.
Die Obergscheidle werden sicher bemerkt haben, dass ein paar Buchstaben fehlen, aber das ist nicht so schlimm.

Z wie Ziefer

Margit Mischok aus Mühlacker erinnert sich an eine Unterrichtsstunde in der Volksschule:

Wir hatten das Fach Sprachlehre und mussten Hauptwörter mit „Z“ aufsagen. Als niemand mehr eines wusste, fiel mir noch das Wort „Ziefer“ ein. Unserer Lehrerin (keine Schwäbin) schaute verdutzt und sagte: „Du meinst bestimmt Ungeziefer wie Läuse und Flöhe?“ „Nein“, sagte ich. „Das sind Hühner, Enten und Gänse.“ Ich weiß nicht, ob ich unsere Lehrerin überzeugen konnte.
Meine Mutter aber sagte immer zu mir: „Geh nonner on fiader 's Ziefer!“

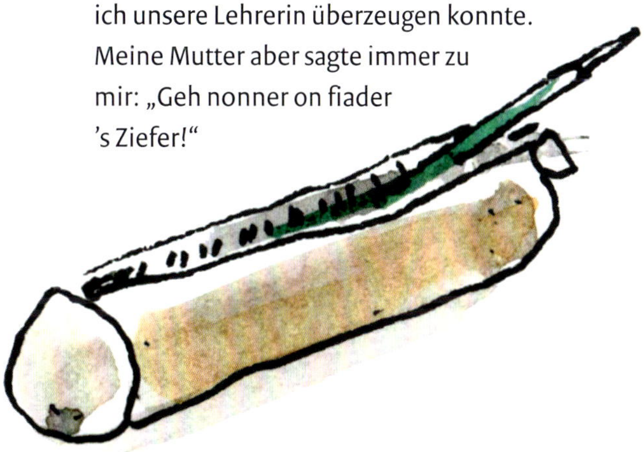

Hans, Schwanz, Hefakranz

„Sehr gut erinnere ich mich noch an ein paar Reimverse aus meiner Volksschulzeit in Oberhaugstett Anfang der 60er-Jahre“, schreibt Albrecht Hartmann.

Beim Erlernen des Einmaleins im zweiten Schuljahr waren mir diese Reimzeilen anfänglich schon eine kleine Hilfe:

Hans, Schwanz, Hefakranz,
drei mol acht isch vierazwanz’.
Vier mol acht isch zwoadreißig,
on’ dia Schialer sen so fleißig,
on’ dr Lehrer isch so faul
wia a alder Ackergaul.

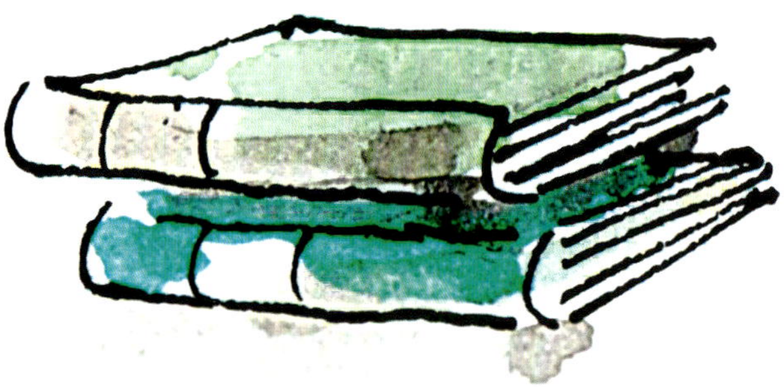

Koi grad’s Häkle

Sissi Pfrommer aus Böblingen schreibt:

Meine Mutter hat immer gerne erzählt, dass ihr Lehrer seinen Schülern zum Schulabschluss eindringlich geraten hat, im weiteren Leben ja nicht vom rechten Weg abzukommen, immer zu wissen, was gerade oder krumm ist: „Kender, mergat eich ois – mr ka älles macha, bloß koa grad’s Häkle!“

Vorschtosch?

Von Marlene Fehrmann stammen diese Zeilen „für pfiffige Schwaben“:

Wir hatten früher in Stuttgart im Seminar eine sehr nette, geduldige Lehrerin, die auch Schülerinnen mit langer Leitung gerne etwas ausführlicher erklärte. Wenn aber eine Schülerin trotz genauer Erklärung noch immer fragend dreinschaute, sagte sie: „Vorschtosch? Wenn’s net vorschtosch, na saisch, dass net vorschtosch. Net, dass net vorschtosch ond saisch d’vorschtosch. Vorschtosch?“

Ein Satz, der hängen bleibt

Annelie Edelmann hat diese Anekdote aus ihrer Grundschulzeit festgehalten:

Ich war in der 2. Klasse in meinem Heimatdorf Sielmingen. Wir Kinder hatten einen weiten Schulweg, der vom Unterdorf zum Oberdorf führte. Auf dem Heimweg begleitete mich Wolfi, der bei mir in der Nähe wohnte. Wir kamen immer an einem eingezäunten großen Garten vorbei. Der Besitzer hielt damals (ca. 1952) Gänse und einen Truthahn in dem Garten. Genau auf diesen „Kuter“ hatten wir zwei es abgesehen. Mit seinem roten Schal reizte Wolfi dieses Tier bis er einen dicken, roten Hals bekam und fürchterlich schrie. Vor lauter Spaß bemerkten wir nicht, dass uns unser Lehrer beobachtete. Er packte uns am Genick und sagte: „Quäle nie ein Tier zum Scherz, denn es fühlt wie du den Schmerz!“ Zur Strafe mussten wir diesen Satz 50 Mal in Schönschrift abliefern. Das hat jedenfalls gewirkt. Ich konnte ihn schon oft anwenden bei meinen Kindern und Enkelkindern. Wenn ich es mir so richtig überlege, dann wäre für uns alle ein Blatt Schönschrift vonnöten!

Die Frau vom Sokrates

Aus Weilimdorf schreibt Klaus Decker. Er erzählt folgende wahre Lehrergeschichte, die schon einige Jahre zurückliegt:

Einer meiner Brüder, der eher als schüchtern galt, führte mit seinem Lehrer in der Schule einmal diesen Dialog:
„Därf i siea amol ebas froga?"
„Natürlich!"
„Also, was isch des: ema Bauradorf lieget uf dr Stroß oder uf am Feldweg a paar Bolla etwa so groß wia Äpfl ond Spatza pickat drenn rom?"
„Ha, des send Pferdeäpfl, ma sagt au Rossbolla dorzua."
„Gut und was isch des: 's isch au uf dr Landstroß oder uf am Feldweg, isch aber fladaförmig ond strohig ond Vögel pickat drenn rom?"
„Ha des send Kuhflada!"
„Guat, ond was isch des: 's liegt uf dr Wies – lauter kloine Kügala – und sieht aus wia Kaffeebohna?"
„Ha des sen dia Exkremente von dr Schofherde!"
„Jetzt aber amol a ganz andora Frog Herr Lehrer: Wissat Sia wia dui Frau vom Sokrates ghoißa hot?"
„Au des fallt mr jetzt grad net ei ..."
„ I han's doch gwisst, Herr Lehrer, mit Ihne ko ma bloß über Sch...dreck schwätza, do kennat Sie sich aus."
Die Folge war, dass der Bub im Zeugnis unter „Verhalten" eine ganz schlechte Note bekam.
Übrigens: Die Frau von Sokrates hot Xantippe ghoißa.

Eier und Zweier

Werner Schoor aus Leutenbach-Nellmersbach berichtet von der Aussage eines früheren Lehrers auf dem Land:

„Bringt dem Lehrer Eier, dann kriegt ihr Zweier!"

So isch's Leba

De meischde Entscheidonga, dia mr em Leba trifft, send nemme omkehrbar, bemerkt Hans Hägele: Das drückt auch folgender schwäbischer Spruch eines Gymnasiallehrers aus, an den ich mich heute, nach guat 70 Joahr noch erinnere: „'s Leba isch wia Zaichna ohne Radiergommi."

Kopfsache

Christel Gerwig aus Altenriet schreibt:

Aus Mutters Zeit (Jahrgang 1918) kenne ich schwäbische Sprüche wie diesen: „Dr Kopf isch guat", hot d'Muadr gsait, dr Kopf isch guat beim Hans. „Jo", sagt dr Lehrer, „der isch guat, doch am Verstand, do spannt's."

Domm gebora

Ein weiterer Lehrerspruch, aufgeschrieben von Elvira Rudat:

Onser alter Gwerbschuallehrer hot emmer Sprich uff Lager ghet. Oimol hot oiner vo seine Stift et kapiert, was Sache isch. No hot der Lehrer gsagt: „Du bisch domm gebora, dackelhaft uffzoga, hosch nex drzua glernt ond zwoimol d' Hälfte vergessa. Hock no ond lern!"

Mai Mauganescht

Nikolaus Bauknecht, heute Böblingen, lässt seinen früheren Lehrer in der Friedensschule Stuttgart, Herrn Adolf Schaich, zu Wort kommen. „Er schrieb folgendes Gedicht, das ich 1951 als Drittklässler bei einem Schulfest vor versammelter Elternschaft vortragen durfte“:

Biera, Epfel, Zwetschga, Nussa
send en onserm Gaarda dussa.
Duet mer's ra, no geit's a Fescht,
mach i mir a Mauganescht.
Schiab an en geheima Ort
– a baar Schdick von jeder Sort –
net so groß ond net so kloi,
z'onderscht en mei Bettlad nei.
Ond bei Nacht, do schloof i fescht
uff meim guata Mauganescht.
Oimol, en meim Schtrohsack onda,
han mei Nescht i nemme gfonda,
ond erscht mittladren em Wenter
kommt mei Miaterle derhenter.
Biera, Epfel, send oi Matsche,
ond drfier geits Bitsche Batsche.
Bitsche, Batsche, des duat weh –
will koi Mauganeschtle meh!

Schwäbisches Alphabet

Gusti Bück aus Holzgerlingen erzählt:

Unsere Bettina wurde in der 1. Klasse von ihrer Lehrerin aufgefordert, ein Wort mit dem Anfangsbuchstaben „E“ zu nennen. Darauf gab sie zur Antwort: „Epfel!“

's Strapserleibel

Herzerfrischend, wie alle Kendergöschle, ist diese Notiz von Antje Gerber aus Schorndorf:

„Nach den Ferien mussten die Kinder im Englischunterricht aufschreiben, welche Geschenke sie zu Weihnachten bekommen haben. Dies allerdings in englischer Sprache. Irgendwann streckte eine Mitschülerin meiner Mutter völlig verzweifelt die Hand hochund fragte: „Frau Lehrerin, was heißt denn ‚Strapserleible' auf Englisch?"

Klare Aussprache

Elvira Rudat hat einen markanten Ausspruch festgehalten:

Unser Lehrer in der Gewerbeschule brüllte, wenn etwas nicht so geklappt hatte, wie er wollte: „Do kenntescht grad mit Eisabahschiena neischlaga, wo no d´Bahhöf drahangat."

Backpfeiff oder a Strofarbeit

Zum Thema Züchtigung hab ich auch noch einen kleinen Beitrag, schreibt Renate Ohnmacht:

In „meiner" Schule in Dietingen, es war so Mitte der 60er-Jahre, hatte einer der Buben etwas angestellt oder er war frech. Unser Lehrer fragte ihn: „Willscht a Backpfeiff oder a Strofarbeit?" Er hat sich für die Backpfeiff entschieden. Das war schneller erledigt als a Strofarbeit schreiba.

Liaber schwitza

Ein alter Schüler-Reim, vor dem Vergessen gerettet von Aline Groß:

Der Hemmel isch heiter ond's Wetter isch schee,
Herr Lehrer mir wöllet spaziera geh,
mir wöllet liaber schwitza,
als uff de harte Schulbänk sitza.

Du, Herr Lehrer!

Magdalena Groß macht auf Folgendes aufmerksam:

Schwäbische Kinder taten sich früher im Dorf besonders schwer mit dem „Sie“. Erstens sagte man zu fast allen Leuten du und zweitens sprach man Dialekt und da heißt es oft, „hosch mr“, oder „kosch mr“, ond des isch jo net duzt. Folglich taten sich die Kinder auch in der Schule mit dem Siezen schwer. Vergeblich ermahnte der Lehrer die Kinder, ihn nicht zu duzen. Doch einem Knirps rutschte es gleich wieder raus. Da rief ein anderes Bürschle laut: „Au, Herr Lehrer, der sait Du zu Dir!“

Karle, sag du's!

Renate Arin aus Sindelfingen kann zu diesem Thema ebenfalls eine schöne Anekdote beitragen:

Als ich die Geschichte vom Schüler, der seinen Lehrer duzte, las, erinnerte ich mich an eine Begebenheit, die der aus Balingen stammende Lehrer und Heimatdichter Karl Hötzer (1892–1969) erzählte, als er Ende der Fünfzigerjahre mit seiner Frau Gertrud bei meiner Großmutter zu Besuch war. Sie wohnten damals ganz in ihrer Nähe in der Tübinger Neckarhalde und waren häufig zu Gast bei ihr. In seiner Zeit als Lehrer in einer Einklassenschule tauschte Karl Hötzer manchmal zur großen Freude seiner Schüler die Rollen mit ihnen. Er setzte sich also an den Platz des Schülers, der sich nun als Lehrer vor die Klasse stellte. Als die Fragen des „Lehrers“ nicht zu dessen Zufriedenheit beantwortet werden konnten, rief er entnervt den „Großen“ auf und seufzte: „Karle, sag du's!“

Der Duz-Freund

Duzen und Siezen – ein ewiger Quell der Freude an Schulen. Davon berichtet auch Gisela Schellhorn aus Marbach am Neckar:

Der Schüler duzt seinen Lehrer fortwährend. Der Lehrer reagiert verärgert: „Damit du dir endlich merkst, dass man seinem Lehrer mit „Sie“ anredet, schreibst du mir bis morgen 100-mal „Ich darf meinen Lehrer nicht duzen.“ Am darauffolgenden Tag legt der Schüler das Werk vor. Der Lehrer: „Du hast den Satz ja nicht nur 100, sondern 200 Mal geschrieben, wieso das?“ Die Antwort: „Weil Du’s mir wert bist, Herr Lehrer!“

Wer hat, der hat

Beim Lesen der ‚Duz-Geschichten‘ fiel mir ein Wortwechsel zwischen einem Lehrer und einem Schüler ein, schreibt Horst Bauer:

In der ersten Reihe in der Klasse saß ein Schüler und bohrte ganz versonnen in der Nase. Der Lehrer beobachtete den Kleinen und fragte ihn dann: „Hosch an?“. Der Junge antwortete prompt: „Jo, witt’ an?“

Eine Frage der Gewohnheit

Ums Duzen geht es auch im Beitrag von Anni Single, die selbst unterrichtete:

Meine letzte 4. Klasse, die ich in der Weilerhauschule in Plattenhardt unterrichtete, duzte mich häufig während des Unterrichts. Gegen Ende der 4. Klasse versuchte ich den Kindern zu erklären, dass man seine Lehrerin eigentlich mit Sie anredet und dass die Lehrer und Lehrerinnen an den weiterführenden Schulen auf keinen Fall akzeptieren würden, geduzt zu werden. Darauf erwidert ein Schüler: „Jetzt hemm’r so lang du zo dir gsait, mir gwehnet ons nemme om!“

Was die Lehrer glernt hen

Au Lehrer send bloß Menscha. Se wisset viel, aber se wisset halt net ällas. Bsonders von de Schüler könnet se manches lerna – zom Beispiel Schlagfertigkeit. Ond früher oft au no Schwäbisch.

Daube gibt's!

„Lehrer aus anderen Bundesländern taten sich schon vor Jahrzehnten schwer mit unserem Albstädter Dialekt", erzählt Marianne Nüssle aus Aichtal:

In der 5. Klasse verwendete ich in einem Aufsatz den Begriff „Gedde" (Hochdeutsch: Patenonkel – „Gotta" ist die Patentante). Bei der Rückgabe war dahinter ein Sternchen und am Rand die Bemerkung meines Lehrers: „Was ist denn das???" Selbiger Lehrer war auch als Pausenaufsicht überfordert, als ein Schüler ihm aufgeregt zurief: „Herr Lehrer, Herr Lehrer, do dussa keiat se mit Eismeggel omanand!"

Mein Neffe wurde von seiner Lehrerin einmal korrigiert: „Es heißt Taube – eine Daube gibt es nicht!" Am andern Tag und nach Rücksprache mit dem Vater entgegnete er: „Doch Frau Lehrerin, Daube gibt's – des isch a Briddle vom a Fass!"

Peterleng oder Petersilie

Zur schwäbischen Schreibweise hat auch Marianne Nuding aus Bettringen eine Anekdote:

An der Bergschule in Waldstetten mussten die Schüler einen Aufsatz schreiben mit dem Thema „Was meine Mutter im Garten anbaut!" Eine der Schülerinnen war sehr erstaunt, als eines der Wörter im Aufsatz rot angestrichen war. Sie fragte die Lehrerin: „Han i en Schreibfehler gmacht?" Darauf die Lehrerin: „Du hast geschrieben: Peterleng – das muss heißen: Petersilie." Das Kind klärte daraufhin die Lehrerin auf: „Ond des woiß i ganz gwieß, dass mei Mama en ihrem Gärtle en Peterleng a'baut hot ond koi Petersilie."

Frau Oberlehrer!

Der Lehrer galt etwas im Ort! Wie auch die anderen Honoratioren. Das bestätigt Irmgard Abt:

Früher auf dem Lande war es selbstverständlich, dass man die Ehefrau mit dem Titel des Mannes anredete, gleich welchem Beruf oder welcher Arbeit sie selbst nachgegangen ist. So grüßte man die Frau des evangelischen Pfarrers mit „Frau Pfarrer." Wir Mädchen machten einen Knicks und die Buben einen Diener. War er Bürgermeister, hieß es: „Frau Bürgermeister". War er Doktor, war sie „Frau Doktor". War er Oberlehrer, wurde sie mit „Frau Oberlehrer" angesprochen. So makaber es klingen mag, selbst beim Totengräber sagte man: „Die Frau des Totengräbers" und nannte sie nie beim Namen. So manch Erwachsener hat schon damals mit vorgehaltener Hand den Spruch losgelassen: „Woisch, wemm'r d'Naas so nuff duat, no hagelt mr iber's kloinschte Schdoile!"

's Fengerle naiglemmt

Von Ingeborg Schröppel aus Lichtenwald stammt dieser Text:

Meine Mutter, eine Berlinerin (Jahrgang 1908) heiratete einen Stuttgarter Junglehrer. Seine erste Anstellung bekam er in einem Dorf bei Waiblingen als Schulleiter für die Klassen 1 bis 8. Der Umzug von Berlin ins Schwabenland war für meine Mutter nicht so einfach, da sie kein Wort Schwäbisch verstand. An ihrem neuen Wohnort passierte ihr einmal Folgendes: Im einzigen Kolonialwarenladen des Ortes ging sie einkaufen. Einige Hausfrauen nutzten den Einkauf für ein Schwätzle, wie auf dem Dorfe üblich. Meine Mutter hatte sich am Finger verletzt und ein Pflaster draufgeklebt. Nun kam der Förster in den Laden, einer der Honoratioren des Fleckens, und darum mit der Lehrersfrau bereits bekannt. Er sah das Pflästerchen der Lehrersfrau und meinte: „So so, Frau Lehrer, 's Fengerle ens Fiedle naiglemmt!“, worauf die Dorffrauen in helles Gelächter ausbrachen. Meine Mutter stimmte in das Gelächter ein und sagte schnell: „Ja, ja!“ Sie hatte aber keinen Schimmer, warum so laut gelacht wurde. Als ihr Mann nach Hause kam, erzählte sie ihm von dem Vorfall. Daraufhin klärte er sie auf, worauf meine Mutter sich sehr beeilte, den dörflichen Dialekt zu lernen. Und ab sofort hütete sie sich, dörfliche Kommentare sofort zustimmend zu akzeptieren.“

Dr Lehrer ond sei Abortgruab

Ein Dorfschullehrer hatte in früheren Zeiten nicht nur Schule zu halten, sondern musste so manchen anderen Tätigkeiten und Aufgaben nachgehen, bemerkt Albrecht Hartmann aus Schwäbisch Gmünd:

In dem mündlich überlieferten Lied „Das arme Dorfschulmeisterlein" wird davon berichtet, wie ein Lehrer zu damaliger Zeit sonntags und bei Feierlichkeiten auch die Kirchenorgel zu treten hatte, den Kirchenchor leitete und die ganze Woche über nebenbei auch noch Kleinbauer war. Ohne diese Nebentätigkeiten wären ein Lehrer und seine Familie damals schlecht über die Runden gekommen. Noch bis in die 60er-Jahre hinein mussten, vor allem auf dem Land, die Abortgruben von Hand mit so genannten „Güllaschöpfer" geleert werden. Diese Arbeiten galt es natürlich auch hinter den Lehrerwohnungen zu verrichten. Ein Lehrer erledigte diese Arbeit bis Anfang des vergangenen Jahrhunderts noch selbst, da er in jenen Zeiten für die Düngung seines Äckerles den Inhalt der Abortgrube brauchen konnte.

In meiner Kindheit in den 50er-Jahren leerte ein Lehrer seine Abortgrube aber nicht mehr selbst, sondern ließ diese Arbeit von einem Bauern aus dem Dorf verrichten, zumal dieser auch die hierfür nötigen Gerätschaften hatte. Eines schönen Tages war ein Bauer gerade einmal wieder mit dieser Tätigkeit beschäftigt, als plötzlich das Küchenfenster aufgerissen wurde und die Gattin des Lehrers ganz entrüstet zum Bauern hinüber brüllte: „Das riecht ja entsetzlich!" Verärgert über diesen Kommentar entgegnete der Bauer lautstark: „Zom Donnerwetter nomol! – hau den Scheißdreck i gschissa oder Sia?"

Rettungsaktion fürs Veschber

Apropos Abort: Hans Jürgen Gräser aus Schöckingen erzählt dieses schwäbische Witzle:

Dr Karle stochert mit ma Stecka en dr Lachagruab rom. Do kommt dr Herr Lehrer vorbei ond frogt: „Ja, Karle, was suachscht denn du?“ Do secht dr Karle: „Mir isch mei Kiddl neighagelt“. No secht dr Lehrer: „Den brauchsch nemme suacha, den kosch nemme azia.“ Do secht dr Karle: „I will en au net azia, aber en dr Kiddldasch isch mei Veschber dren!“

Was der Lehrer alles können muss

Von Lehrern wurde einstmals erwartet, dass sie Vielseitigkeitskünstler sind. Darauf weist auch Otto Beerstecher aus Herrenberg hin. Seinen Ausdruck findet das im Gedicht „Dr Gsangsverei`“ des großen Mundartdichters Sebastian Blau. Dort tritt der Lehrer unter anderem als Dirigent des Gesangvereins auf. Ein Auszug:

So an Ma kommt et zom gruaba
dear isch überlegnt 's ganz Johr:
tagsüb haut'r d'Schularbuaba,
obneds hot'r Kirchachor,
Gsangsverei ond Geigastonda`,
sonntigs orgla en dr Kerch -
narr des Gschäft macht au en Gsonda
rabiat ond überzwerch.

Mehr als Roschtbrota!

„Es war vor etwa 25 Jahren. Ich wollte meinen Schülern mehr Verständnis für ausländische Kinder nahebringen“, erzählt Steffen Siegel, damals Lehrer einer 5. Klasse am Geschwister-Scholl-Gymnasium in Sillenbuch: Es entwickelte sich ein interessantes Gespräch, und schließlich sagte ein stämmiger kleiner Kerle ganz treuherzig: „Wenn mir koine Ausländer hättet, no däd's koi Pizza ond koi Paschta gäbba und mir dädet emmer bloß auf onserem Roschtbrota romhocka!“

Fleißige Kender, fauler Lehrer

Diesen Ausspruch hat Erna Hörnle aus Weissach aufbewahrt:

Ich kenne aus meiner Schulzeit noch einen Zahlenspruch:
„6 x 6 isch 36, ond dia Kender send so fleißig, ond der Lehrer isch so faul wia en alter Saddelgaul.“

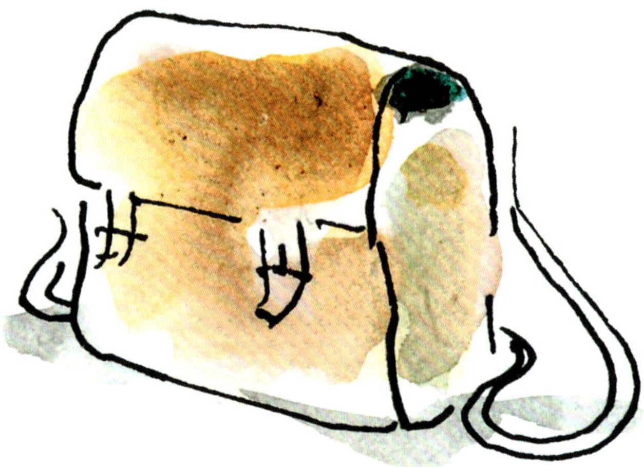

Dr Apfelbutza

Ein Gedicht des Mundartdichters Otto Keller, eingeschickt von Irmgard Abt aus Steinenbronn und Marianne Holzfapfel aus Herrenberg:

's hot neilich dr Herr Lehrer Held
de Kender d'biblisch Gschicht verzählt,
do passet älle mächtig uff, vom Letschta bis zom Erschta nuff;
se sitzet artig en dr Bank,
mit Äugla, groß ond blitzeblank.

Jetzt isch'r grad beim Paradies,
ond wia'nr kommt an Apfelbiss,
no frogt'r, wia dees möglich sei,
dass bei der Äpfelmampferei,
der liabe Gott, trotz äller Lischt,
so schnell dr'henter komma ischt?

Z'erscht gucket älle rotlos drei,
ond koim fallt au an Antwort ei,
bis z'mol der Kloinscht' sich schüchtern regt,
ond 's Fengerle en d'Höh nauf schtreckt:
„Wahrscheinlich, weil dr liabe Gott
dr Apfelbutza gfonda hot!"

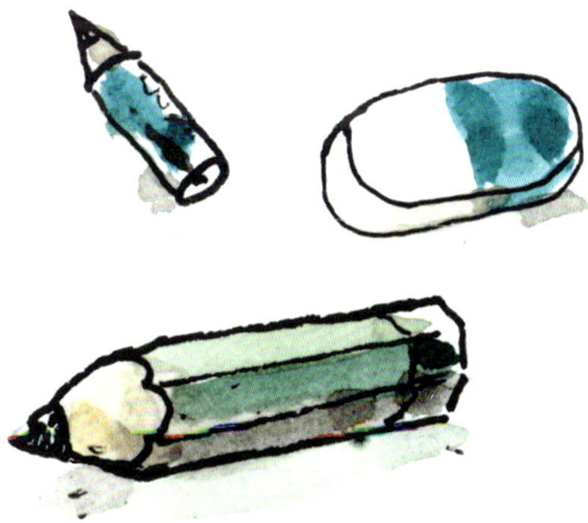

Die Lage der Türkei

Eine Anekdote, aufgeschrieben von Aline Groß:

Dr Lehrer hot en dr Schual g'frogt, ob ebber woiß, wia weit d'Türkei vo ons weg sei? No hot oiner vo deana Buaba d'Hand nuff gstreckt ond hot gsagt: „Dui ka gar net so weit weg sei, bei meim Vatter schaffet zwoi Türka, dia ganget zom Mittagessa emmer hoim."

Die letzte Brezel

„Von meinem Vater, der selbst Lehrer war, habe ich folgende nette Geschichte gehört", schreibt Dieter Illg aus Böblingen:

In den 50er-Jahren war es üblich, dass die Bäckerstochter mit einem großen Korb mit Backwaren zur großen Pause an die Schule kam und dort ihre Weckle und Brezeln verkaufte. Eine Brezel kostete damals 7 Pfennig. Mein Vater hatte wohl im Lehrerzimmer zu tun und bat deshalb einen der Erstklässler, für ihn eine Brezel zu holen. Er gab ihm 14 Pfennig in die Hand und sagte: „Dofier derfsch Dir au oine mitbrenge". Minuten später kam der Schüler zurück, kaute an einer Brezel, legte meinem Vater 7 Pfennig auf den Tisch und sagte „Dui hot bloß no oine ghet."

Schutz vor Geiern

Freude bereitet auch dieses Kindergöschle, eingeschickt von Renate Busch:

Ein Bekannter war vor vielen Jahren Referendar in einer Dorfschule im Schwäbischen Wald. Mit seinen Schülern hatte er das Thema Mittelamerika und die dortigen Sitten und Bräuche durchgenommen. Um festzustellen, ob die Schüler alles verstanden hatten, fragte der Junglehrer: „Wisset'r jetzt, warum die Gauchos so großrandige Hiat draget?" Der Karle, net ganz dr Hellschte, schdreckt. Dr Lehrer, froh über den gelehrigen Schüler, ruft ihn auf. Jetzt sag mal, was da woisch: „Ha ganz oifach, dass en d'Geier et en d'Anke scheißet!"

Der schwerhörige Lehrer

Dieter Paul Müller aus Mühlacker-Mühlhausen/Enz schreibt:

Es muss 1954 gewesen sein. Unser Klassenzimmer in der Volksschule Mühlhausen/Enz war für die ersten drei Klassen bestimmt. Wir frischen Zweitklässler durften in der Mitte Platz nehmen. Die neuen ABC-Schützen saßen vorne. Da bat der Lehrer um Wiedeholung einer Frage einer neuen Schülerin, die er nicht verstanden hatte. Darauf das Mädchen zu ihm: „I glaub, Du hasch deine Ohrlappa en dr Schublada glassa!"

Der vergessliche Lehrer

Volker Stahl lässt zwei Kendergöschle zu Wort kommen, die seinem Vater als Lehrer zu Ohren gekommen sind:

Bei der Einschulung las mein Vater das Märchen vom Rotkäppchen vor. Als er fertig war, fragte er einen der Erstklässler: „Kannsch Du mir saga, was die Mama dem Rotkäppchen für die Großmutter in den Korb neidoa hot?“ Darauf antwortete der Knirps: „Jetzt hosch's doch grad verzählt, woisch's scho wieder nemme?“

Ein Mädchen in der ersten Reihe streifte meinen Vater mit ihren nicht mehr ganz sauberen Schuhen an der Hose. Worauf mein Vater scherzhaft sagte: „Do kriag i aber Hieb von der Frau Stahl, wenn i hoimkomm.“ Worauf ein Mädchen sagte: „I han gar net gwisst, dass d' Frau Stahl so bais isch!“ Und ein anderes Mädchen meinte tröstend: „Des isch et so schlemm, mei Vadder hot au scho griagt!“

Amsel und Rabe

Diese Zeilen hat Johannes Hermann aus Winnenden notiert:

Nach dem 2. Weltkrieg durften in Deutschland zunächst viele politisch belastete Lehrer nicht mehr unterrichten. Nach wenigen Jahren wurden diese Beschränkungen genauso wie in nahezu allen anderen Bereichen wieder aufgehoben und die Lehrer kehrten an die Schulen zurück. In den 50er-Jahren erzählte man sich dazu folgenden Witz:

Fritzle: „Herr Lehrer, gucket se mol. Do aufm Schuldach sitzt a Amsel.“
Lehrer: „Noi Fritzle, des isch an Rabe!“
Fritzle: „Noi, des isch a Amsel.“
Lehrer: „Fritzle, des isch an Rabe.“
Fritzle: „Herr Lehrer, derf i Sie mol was froga? Warad Sie au en dor Partei?“
Lehrer: „Fritzle, i glaub, du hosch recht. Des isch doch a Amsel.“

A scheener Vrgleich

Mein Vater Otto Jaisle, der 1973 gestorben ist, hat gerne gedichtet und sogar einmal ein Theaterstückle geschrieben, schreibt Herbert Jaisle aus Remshalden: Eines seiner kleinen Gedichte dreht sich um eine Dampfwalze, die wohl im Rahmen eines Straßenbaus plötzlich im Ort aufgetaucht ist und für eine gewisse Aufregung gesorgt haben mag. Ich selber erinnere mich ebenfalls noch gut an die Art des Straßenbaus und der Straßensanierung in den Fünfziger- und Sechzigerjahren, wo Dampfwalzen eine wichtige Rolle gespielt haben. Als Kind durfte ich sogar einmal für ein paar Minuten ein solches Monster in fast zwei Meter Höhe und bei einer Wahnsinnsgeschwindigkeit von ca. 5 km/h steuern! Jetzt aber das Gedicht:

D'ABC-Schütza hen heut Schual ghet
d' gscheidtschte Leut' sen's grad no nedd,
doch ka' so a Knirps oft au äbbes wissa,
se saget's frei raus, net lang vrbissa.
Kurz on guat: Dr Lehrer fragt die ganz' Klass'
(er schreit nedd hoch, er hat an tiefa Bass):
„Wer von Euch hat heut' die Dampfwalza gsäh?"
Om's Nomgucka streckat alle d' Händ' en d' Höh'.
„Am Schwana' stoht se! Ond morga wird gwalzt!"
Dr Hans hat's gschria on drbei no gschnalzt.
„Also guat", sait dr Lehrer, „ratet, Ihr jonge Leut',
denket aber fei nach, Ihr hen ja Zeit:
Wie viel Zentner ka so a Walza hau?"
Dr oi moint: „Vielleicht so schwer wia drhoim d'Sau?"
Druff secht dr Karle, er will sich no groß macha:
„Dreihondertzwanzich Pfond!" - Er moint, er sei am Ziel,
Da schreit's Jaköble: „Du bisch nedd recht bacha!
Mei Muadr wiegt ja grad so viel!"

Was mir glaubt hen

Was glaubsch denn du?, fragt der Schwabe.
Des hot aber nix mit Religio zom do. Trotzdem glaubt der Schwabe nadierlich was – strikt getrennt noch Evangelisch ond Katholisch.
Grad en dr Schul.

Isch des Fressa!

Ursula Lorenz aus Böblingen zitiert ein Gedicht, in dem die Belehrungsversuche eines Pädagogen an sprachliche Grenzen stoßen:

Dr Lehrer Gottfried, sonscht a Ma,
wo's Lacha et vrbutza ka,
hot amol a Ausnahm gmacht ond hot de
graischte Schockr glacht.
Er frogt heit über d' biblisch Gschicht,
vom Adam bis zom Jengschta Gricht.
Au über d' Schwefelreagnerei ond wias
am Herrgott ganga sei.
Druff übers Gwissa, des oin plogt, halt
über älles hot er gfrogt.
Ond des net gnuag – noi – hentradrei
fällt em au no 's Bätta ei.
Drnoch kommt's Hannele an d' Reih,
des isch no oiner vo de letschte zwoi.
Was er gau macht, so frogt er en glei,
wenn jetzt am zwölfe d' Schual aus sei?
„No gang i hoam ond sitz an Tisch ond
wart bis 's Essa fertig isch."
„Ja", frogt dr Lehrer, „hosch vergessa, was
jeder doa soll vor am Essa?
Mr denkt doch an da liaba Gott ond net
bloß, was mr essa sott!"
„Vom liaba Gott, sell woaß i gnau,
do schwätzt mei Vatter emmer au,
bloß derf i ällamol nix sage, sonscht dät
mi d' Muader recht vrschlaga."
„Ha", frogt dr Lehrer, „sapperlott, was sait
er denn vom liaba Gott?"
„Er sait halt ällemol beim Essa:
‚Du liaber Gott – isch des a Fressa!'"

Mädla und Buba

Meinem Mann fiel dieses Gedicht ein, schreibt Inge Heinz aus Böbingen: Es ist vermutlich von Otto Gittinger:

Dr Pfarrer hätt en Buaba gmöcht, drei Mädla hottr schau, doch wieder hot dr Storch, dr schlecht, a Mädle eine dau.
Dr Lehrer uf a Mädle spannt, fenf Buaba send ehm gnuag, doch wia ner guckt, oh Jammerstand ischs wieder so a Bua.
'S Lehrers Ältester hot 's Pfarrers Mädle trätzt: „Atsch, ätsch, mir send sechs Buaba jetzt ond ihr vier Mädla bloß!"
Do secht 's Pfarrers Kätterle und 's kommt schier traurig raus:
„Bei os isch oser Väterle dr oinzig Bua em Haus!"

Die „falsche" Konfession

Gabi Schlewek erinnert an gar nicht so lange zurückliegende Zeiten, in denen evangelische Christen als „Wiaschtgleibige" tituliert wurden. Sie schreibt:

Allein der Gedanke, dass sich jemand anmaßt, jemand anderem zu unterstellen, dass er nicht den richtigen Glauben hat, ist unfassbar. Aber in meiner Jugend – und die war nicht Anfang 1900, sondern in den 80er-Jahren, gab es bei uns in der Realschule noch einen katholischen Pfarrer, der uns im Religionsunterricht „zusammenfaltete", wenn wir neben einer oder einem Evangelischen saßen. Das hat er uns frei heraus verboten. Selbst von der Kanzel hat er gepredigt: „Man solle keine Evangelische heiraten – selbst wenn sie ein goldenes Hinterteil hat." Solche Menschen müssen den Ausdruck Nächstenliebe aus ihrem Sprachgebrauch entfernt haben.

Doppelt glauben

Dorothee Layer-Stahl zitiert einen Ausspruch ihres früheren Lehrers Martin Fuchs:

’s gibd Glaebige ond Atheischda
ond viele Varianta zwischadrenn.
Älle glaubet irgendebbes,
meh odder weniger schtreng.

Onsere Baura abber deans doppelt:
Zu deam na, was se glaubet
glaubet se em Herbscht au no ihre Kartoffla.

No horchscht halt weg!

Eine Begebenheit, die mehr als 20 Jahre zurückliegt, gibt Horst Bauer wieder:

Durch den Umzug der Familie in die Stadt kam eine ausländische Schülerin in eine Klasse der dortigen Realschule. Zu der Zeit war es schon eine Ausnahme, wenn ein „Ausländerkind“ eine höhere Schule besuchte. Gleich am ersten Schultag nach den Sommerferien stand in der zweiten Stunde Religionsunterricht auf dem Stundenplan. Nach der ersten Unterrichtsstunde teilte sich die Klasse in „Katholisch“ und „Evangelisch“, und die Schüler gingen in die entsprechenden Klassenzimmer. Jetzt hatte die Klassenlehrerin ein Problem mit der „andersgläubigen“ Schülerin. Sie machte dieser den Vorschlag, sie solle sich einfach zu einer Gruppe ihrer Mitschüler setzen, sie müsse ja nicht im Religionsunterricht mitmachen. Stattdessen solle sei einfach etwas lesen. Die Lehrerin selbst stand unter Zeitdruck, da sie eine andere Klasse unterrichten musste, und nach der Schulordnung durfte sie die Schülerin nicht unbeaufsichtigt alleine lassen. Die Schülerin gab ihr etwas schnippisch zu verstehen, dass sie aber eigentlich nicht einmal zuhören dürfe. Darauf entgegnete ihr die Lehrerin, diesmal auch in bestimmtem Ton und auf Schwäbisch: „No horchscht halt weg!“ Für welche Gruppe sich die Schülerin entschieden hat, ist nicht bekannt.

In 100 Jahren

Verglichen mit früher ist man bei der Ökumene inzwischen ein gutes Stück vorangekommen. Das veranschaulicht der Beitrag von Rolf Schippert:

Meine Mutter, Jahrgang 1912, musste in der Schule einen Aufsatz zum Thema „Wie sieht es in unserer Gemeinde in 100 Jahren aus" schreiben. Sie fragte ihren Vater, was sie da schreiben solle. Daraufhin schrieb sie unter anderem: „An unseren evangelischen Schulen werden katholische Lehrer unterrichten" – wofür sie eine ordentliche Tracht Prügel kassierte.

Katholisch oder affagelisch

Eine Leserin aus Stuttgart kommt mit diesem Kindergöschle zu Wort:

Am ersten Schultag wurden alle Kinder für den Religionsunterricht eingeteilt. Die Lehrerin sortierte nach evangelisch, katholisch usw. Unser Sohn kam anschließend ganz aufgeregt nach Hause und fragte: „Gell, Mama, mir sen net affagelisch?" Er hatte Recht: Wir sind katholisch. Immer, wenn ich das Wort evangelisch höre, fällt mir der Spruch ein.

Die katholische Badehose

„Diese Anekdote ist mir bis heute im Gedächtnis", schreibt Eveline Klement aus Sindelfingen. Sie stammt aus dem Religionsunterricht, den sie in den 60er-Jahren bei einem evangelischen Pfarrer in der Gartenstraßenschule in Sindelfingen genoss:

In einem Schuljahr hatten die Jungs aus unserer Klasse vor dem Reli-Unterricht Schwimmen. Als unser Pfarrer einmal die Klasse betrat, um uns „Evangelische" zu unterrichten (die katholischen Schüler waren zur selben Zeit in einem anderen Klassenzimmer), lag eine nasse Badehose auf dem Fußboden. Irritiert sah der Pfarrer die Badehose an und fragte sofort, wem dieses Teil gehöre. Als sich keiner meldete, nahm er den Zeigestock von der Tafel, hob die nasse Badehose auf und beförderte sie mit dem Kommentar „Ha, wenn die koim von euch ghört, no isch des au no a katholische Badhos. Die hat ja da gar nix verlora" mit Schwung in den Papierkorb. Nach vollbrachter Tat sagte er: „Nachdem des Corpus delicti entsorgt isch, könne mar ja jetzt endlich afanga."

Bibelfester Schüler

Hermine Kelber aus Bondorf blickt zurück:

Mir hen em Stondahäusle von der Frau Schrot Religionsonderricht ghet. Onser Pfarrer Hartweg hot ons grad a Gschicht aus der Bibel verzählt. Des muaß onsern Schulkamerada Rolf gleangweilt han. Er hät lieaber ebbes vom Karl May ghört. Ganz faul isch'r en dr Baak ghockt ond hot laut und mit weit aufgsperrtem Maul gähnt. Des muass der Pfarrer gseha han. „Rolf, was steht Matthäus am Letzta?", hot er en gforgt. Wia aus dr Pischtol gschosso secht dr Rolf: „Wer koi Sau hot, ka et metzga" – es hätt hoißa solla: „Oh, Herr, er will mich fressen!" Mir hen natürlich saumäßig glacht – ond onser Pfarrer Hartweg am ällermeischta.

Worüber mir glacht hen

Wenn's ebbes gibt, was en dr Schul heut no genauso isch wie früher, no send des die Geschichtla ond Sacha, über die mr lacha ka – bsonders wenn se aus ama Kendergöschle kommet.

Turnschlaben

Hellgard Hähnle aus Knittlingen erinnert sich:

's war so en de vierte Klass. Onser Lehrer diktierte uns etwas vom Sport, darunter war auch das Wort Turnschuhe. Als wir unser Diktat zurückerhielten, sagte unser Lehrer zu einem schwäbisch sprechenden Mitschüler: „Wenn du statt Turnschuhe Turnschlappen richtig geschrieben hättest und nicht Turnschlaben, hätt ich Dir keinen Fehler angerechnet." Mir hen nadierlich älle lacha miaßa."

Dr Lehrer war's!

Ein Kendergöschle von Irmgard Abt:

Em Frühjohr hot's Zeignis gebba ond dr Babba hot's âguggt. Sei Kommentar: „Für so â miserabls Zeignis was de do hoim brengscht, miaßt's Briegl gea!" Dr Bua: „Au fai, dess isch â guate Idee. Babba, i woiß au, mô dr Lehrer wohnt!"

Drei Buaba

Ursula Lorenz aus Böblingen und Hans Jürgen Gräser aus Schöckingen klingt dieses schwäbisch-herbe Gedichtle im Ohr:

Noch dr Weihnachtsvakanz goht d' Schual
wieder a'
dr Lehrer, der isch a recht freindlicher Ma',
lasst d' Kender verzähla, wo se gwesa send
ond was se älles kriagt ghett hent.
Dr Karle secht, während er d'Nasa nuffziagt,
sia häbet Drilleng – drei Buaba – kriagt!
Dr Lehrer hot glacht: „Ha, no isch doch klar,
dui hoißet Kaschpar, Melchior ond Balthasar."
„I glaub net", moint dr Karle ond ronzelt d'
Schtirn,
„dr Vatter hot gsagt: ‚Himmel, Arsch ond Zwirn!'"

Einseufzen

Wenn die Zeit der Straßen-, Marktplatz- und Bürgerfeste beginnt, sitzt man gerne zusammen, trifft Leute, die man schon eine halbe Ewigkeit nicht mehr gesehen hat, und kommt natürlich auch mit Fremden ins Gespräch. So wie einmal beim Bürgerfest in Marbach. Eine in der Schillerstadt aufgewachsene Dame, die heute im benachbarten Rems-Murr-Kreis wohnt, erzählte von ihren Schulerlebnissen: Es war in der 3. oder 4. Klasse Volksschule, wie es damals noch hieß, als die Lehrerin die Kinder aufforderte, einen Satz mit „seufzen" zu bilden. Wobei – ond des mueß gsagt sei – koi Schwob je seufzen gsagt hot ond es für des Wort net amol en schwäbische Ausdruck gibt, weil dr Schwob net seufzt ond au net stöhnt. Ihre Freundin, die Chrischtel, hot sich gmeldet ond die Antwort gwisst: „Wenn ons d'Mama wäscht, no soeufzt se ons ei!"

Wenn jeder a Nas voll nemmt …

Albrecht Hartmann erzählt diese Anekdote:

„Warum bist du denn plötzlich so unruhig?", fragte ein Lehrer den kleinen Otto, worauf dieser ganz aufgebracht meinte: „Do henna stenkt's so donnderschlächtig!" Auf die Frage des Lehrers, wer denn diesen Gestank verursacht habe, meldete sich niemand. Der Schulmeister ging deshalb durch die Bankreihen, um den Schuldigen zu „erriechen". Als der Lehrer in die Nähe des Übeltäters gekommen war, sprang dieser von seinem Stuhl auf und rief: „Wenn jeder schnell no a Nas voll nemmt, no isch dr Gschdank glei weg!"

Do henna meichalat's!

Die Volksschulen auf dem Lande waren in früheren Zeiten oft Einklassenschulen, fährt Albrecht Hartmann fort. So waren auch in Oberhaugstett im Nordschwarzwald, wo ich einige Jahre zur Schule ging, bis 1963 alle acht Klassen in einem Klassenzimmer untergebracht. Die über 60 Schülerinnen und Schüler wurden von einem Lehrer in allen Fächern unterrichtet. Trotz des überfüllten Klassenzimmers ging es meist doch sehr diszipliniert zu. Die Luft im Klassenzimmer war allerdings nicht die allerbeste. Ich erinnere mich noch gut daran, wie eines Morgens während einer Pause ein Schüler zu seinem Nebensitzer sagte: „Do henna meichalat's aber donnderschlächtig – bisch dees du oder isch dees dcam dohanna sei Veschperbrot mit dem maugelesbrauna Käs druff?"

Der Duft der großen weiten Welt

Wolfgang Dittebrandt erzählt:

En de fuffzger ond sechzger Johr send bei aos viel Kender uff d'Welt komma ond dia Schualheiser waret bald z'klei. Bis do nuie baut waret, hot mr halt guckt, wo Räum waret, wo mr hot Onterricht halda kenna. So isch mr ens alde Schualhaus ond ens evangelische Gemeindehaus. Do waret mir mit dr dritta Klass bei dr Freilein Glanzl. An Teil vo dr Klass hot no beim Lehrer Patzer en Deitsch ond Rechna Zusatzschdonda kriagt, ond dia waret no en Schdock weiter oba. Ond wenn mr an der Fengernegl kaut hot, hot dr Lehrer Patzer emmer glei an Vortrag ieber d'Gsondheit ghalta. Des hemmer bald gmerkt ond wenn aos dr Onterricht nemme basst hot, hemmer halt an de Fenger gnaget ... Eines Tages hot Lehrere mi nuff gschickt zom Arbeita hola. Wia i no en des Zemmer nei be, hot de ganz Klass glachet, ond es hot au a bissle gschtonka. No hot der Lehrer Patzer zo mir gsait: „Jetzt gosch na ond saisch zor Freilein Glanzl, bei aos dr hoba sei der Duft der großen, weiten Welt. Er schickt glei oan na, mo hoam sott." Ond was war gwäa? Dr Horscht hot en d'Hos gschissa ghett.

A granadamäßiger Halbdaggl

Eine weitere Anekdote von Albrecht Hartmann:

Die Schüler einer Dorfschulklasse interessierten sich schon seit längerem, wie alt ihr Lehrer wohl sei. Als es eines Tages im Sachkunde-Unterricht um das Thema „Die Menschen werden immer älter“ ging, sagte der Lehrer zu seinen Schülern: „Auch ich bin mittlerweile schon alt“, worauf der kleine Peter wie aus der Pistole geschossen fragte: „Herr Mayer, wie alt bisch du denn?“ Daraufhin der Lehrer: „Peter, zum Lehrer sagt man Sie und nicht du. Jetzt aber zu deiner Frage. Was meinst du denn, wie alt ich bin?“ – „I glaub, du bisch 66“. – „Ja, Peter! Woher weißt du denn, dass ich 66 bin?“ – „Ha, i hau die oifach mit meim Nochber vergliche. Der isch dreiadreißge – ond des isch a granadamäßiger Halbdaggl.“

Glatzkopf isch modern

„In meiner Jugend gab es kein Halloween“, schreibt Silke Stegmaier aus Alfdorf. „Mir send domols mit dr Laterne oder de Riabagoischter glaufa. Onser alter Lehrer Maier hot em Schualhaus gwohnt, do send mir emmor no, hend's Laterneliad gsonga ond von seira Frau a Stückle Würfelzucker kriagt. Da onser Lehrer a Glatze ghet hot, hend mir's Laterneliad au manches Mol anders gsonga:

„Laterne, Laterne, Glatzkopf isch moderne.“ No hemm'r aber gewaltig fuassla miaßa! Aber schee war's!

Wasserkopf

Eine Anmerkung von Helga Oswald aus Beuren:
I hau en Laisahofa en Lehrer ghet, dem sei Spruch war: „'s Haar ischd a Sompfpflanz ond gedeiht nur uff Wasserköpf!" Nadierlich hot er a Glatze ghet.

Dort hannen

Eine Leserin aus Stuttgart schreibt:

Es war vor über 30 Jahren an der kaufmännischen Berufsschule in Ludwigsburg: Auf die Frage unserer Mathematiklehrerin, wo denn ein freies Sitzmöbel für eine neue Schülerin wäre, antwortet mein Klassenkamerad: „Do hanne schdehd en Schduhl!" Darauf sie: „Geht das auch auf Deutsch?" Er: „Es steht ein Stuhl dort hannen!"

Da drummen

Dazu passt dieser Beitrag von Manfred Lenz aus Stuttgart:

Es war Anfang der 60er-Jahre an der Neuwirtshausschule. Singunterricht stand an (ja, das gab es damals, Gott sei Dank, noch!) und wir sangen mit inniger Klavierbegleitung unseres Lehrers Höck in den höchsten Tönen. Dieser sah auf und entdeckte, dass mein Bruder Ditmar sein Liederbuch nicht in der Hand hielt. Auf die Frage: „Wo hast Du dein Liederbuch?", antwortete Ditmar: „Do dromma liggts!" – und deutete auf den Fenstersims. Lehrer Höck, ziemlich aufgebracht, rief: „Kannst Du nicht anständig Deutsch reden!" Darauf Ditmar: „Da drummen liegt es!" Man kann sich unser Gelächter vorstellen. Sogar der Lehrer musste lachen.

Der Wasserfall tröpfelt

Heide Berroth aus Renningen teilt diese Erinnerung mit uns:

Ein Beitrag in der „Auf gut Schwäbisch"-Kolumne hat mich daran erinnert, dass ich vor vielen Jahren einen Eintrag ins Klassenbuch kassiert habe. Im Erdkunde-Unterricht hatte ich nämlich den Urach-Vortrag des mit wenig Humor begabten Lehrers ergänzt mit: „Mei Opa war neulich dort ond hot gsait, den Wasserfall kennd mr momentan glatt vergessa; des sei grad wia wenn a kleis Biable ronterbronza dät." Der Klasse hat's gefallen und der Rektor, zu dem ich wegen des Eintrags musste, hatte dann auch mehr Verständnis für meine aktive Beteiligung am Unterricht.

Zu viel Matrial

„In einer Volksschule auf dem Land hat sich einmal folgender Dialog zugetragen“, schreibt Albrecht Hartmann:

Lehrer: „Frieder, was ist los? Du rutschst so aufgeregt auf deinem Stuhl hin und her?“
Frieder: „I sodd ganz naidich uff dr Abort.“
Lehrer: „Verheb's noch ein wenig, gleich ist Pause.“
Wenig später in der Pause: Lehrer: „Sehr gut, Frieder! Mit einem guten Willen geht doch so manches.“
Frieder: „Äba net! – Vorher isch nemlich scho Matrial komma. Ond jetzt hemmar da Scheiß!“

Siehe Buch!

Marianne Schulz aus Rudersberg erzählt von einem Grundschulerlebnis ihres Sohnes:

Bei einer Klausur in der 4. Klasse hat unser Sohn (Jahrgang 1961) sein Blatt lediglich mit der schriftlichen Bemerkung „Siehe Buch“ abgegeben. Der Lehrer konterte: „6! – siehe Zeugnisheft“

Kühne Wortmeldung

Eine gereimte Anekdote eines Lesers aus Backnang:

Wia duat manchmol dr Lehrer d' Kender ploga,
ond emmer muaß er da Dömmschta froga.
Heit frogt er zom Beischpiel so zwischanei,
se sollet ehm saga, was „Kühnheit“ sei?
Vorbei war's, dia hend sich wia daubstomm g'tellt.
Bloß dr dürr Karle, der hot sich gmeldt.
Begeistert streckt er sei Fengerle nuff.
„Guat“, sait dr Lehrer, ond ruaft ehn uff:
„Einer weiß es, welche Schande!
Karl, was ist Kühnheit? Sag es dieser Bande!“
„Kühnheit ischt“, schtottert dr Karle ganz leis,
„wenn oiner sei Hand hebt ond nix woiß.“

Guten Morgen, Herr Traktor!

Inge Stoll erinnert an das 100-jährige Bestehen ihrer Dorfschule in Aistaig 2009, bei dem ein ehemaliger Schulrat und langjähriger Rektor einer großen Sulzer Schule Stilblüten aus Schüleraufsätzen zum Besten gab. Dabei kam zutage, dass ein Bauernbub in der 1. Klasse mit dem Begriff „Rektor" nicht viel anzufangen wusste, mit dem Wort „Traktor" dafür umso mehr. Der morgendliche Gruß „Guten Morgen, Rektor" lautete bei ihm deshalb: „Guten Morgen, Herr Traktor!" Dieser Spitzname ist ihm bis zum heutigen Tage geblieben, und er ist stolz darauf, zumal aus dem Baurakerle au ebbes rechts worra isch!

Maikäfer von letzschda

Heidi Neumann schildert dieses Kindheitserlebnis:

Ich bin 1954 geboren und besuchte in der Schule als Zuschauerin ein von Mitschülern aufgeführtes Theaterstück. Ein Schüler sollte den Satz sagen: „Ich bin der Maikäfer von neulich." Als Schwabe war ihm der Ausdruck „neulich" nicht so geläufig. Was sagte er also, als er die Bühne betrat? „I ben dr Maikäfer von da letschda." Alles lachte. Auch der Junge hatte seinen Spaß an dem „Versprecher".

Dr Lugabeutel

„Ich wurde als Flüchtlingskind in Göppingen geboren und ging dort auch zur Schule“, erzählt Gerhard Schreiber aus Wendlingen am Neckar:

Von klein auf habe ich mir die schwäbische Sprache angeeignet. Wie gut mir das gelungen ist, zeigt dieses Beispiel: Im Deutschunterricht in der 1. Mittelschulklasse mussten wir zu den Zeitwörtern das entsprechende Hauptwort nennen. Als der Lehrer fragte, wie man jemanden bezeichnet, der lügt, meldete ich mich zu Wort und sagte: „Lugenbeutel“. Das Gelächter war natürlich groß, und von nun an wusste ich, dass es „Lügner“ gibt.

Ziaga wia d'Sau

Ein Beitrag von Ulrich Völter aus Sindelfingen:

„Wir befinden uns im Jahr 1952, im Unterricht von Physiklehrer Hugo Zürn in der Oberschule Freudenstadt. Lehrer Zürn hatte zwei Magdeburger Halbkugelschalen mitgebracht, legte sie zusammen, entzog ihnen die Luft und erklärte uns: ‚Die zwoi Schaale brenget koine sechs Gäul me ausanander.‘ Freund Hermann und ich sollten den Beweis liefern. Wir zogen, was unsere Kräfte hergaben, schließlich trennten sich die beiden Schalen voneinander, und wir landeten jeweils auf dem Rücken. Lehrer Zürn, teils erbost, teils erschreckt, rief aus: ‚Mr ziagt au net wia d'Sau!‘“

Lehrer ohne Hose

Eberhard Bohn hat diese gereimte Anekdote notiert:

Dr Karle hot's Schulganga et so ernst gnomma
oimal do isch er glei gar et komma.
Wia 'n no dr Lehrer sieht uf dr Stroß
do said der: „Ja was isch etst heit mit dir los?“

Do secht dr Karle: „I hao wella geha
do han i dei Hosa hanga seha
am Wäschsoil hendr im Schulhaus domma
do han i halt denkt, du däscht au net komma.“

Die Gebärmutter winkte

Ein Kendergöschle-Erlebnis, aufgeschrieben von Horst Bauer:

Eine Grundschulklasse machte ihren Jahresausflug in die Stadt. Tags darauf mussten die Schüler über das Gehörte, Gesehene und Erlebte einen Aufsatz schreiben. In einem der Hefte stand anschließend: „Wir kamen an einem Haus vorbei, wo Mütter ihre Kinder gebären. Eine Gebärmutter schaute zum Fenster heraus und winkte uns freudig zu!“

’s Gasthaus zom Ogsa

Richard Schlichenmaier aus Korb erzählt diese Geschichte:

Als ich während meiner Lehre die Berufsschule besuchte, hatte ich einen älteren schwäbischen Haudegen als Lehrer. In der Pause schaute ich einmal aus dem Fenster auf die Straße runter.
Als er dann kam, um weiterzuunterrichten, erging die Aufforderung: „Kerle! Dua dein Riasl rei, sonst moint mr, do wär’s Gasthaus zom Ogsa.“

MUUUH!

Du Lausbub!

Zwei Schulgeschichten von Edith Mühlich:

Mein Bruder war wohl in der 3. oder 4. Klasse, als er seinen Aufsatz über den Löwenzahn mit folgendem Spruch beendete: „A-U-S- aus, dort läuft a Maus, hot a rot's Kittele a ond dui Gschicht fängt wieder vo vorna a." Dazu malte er eine Maus mit einem roten Kittel. Die Lehrerin schrieb darunter nur „Lausbub".

Der Lehrer, der den Schulchor leitete, kannte meinen Vater sehr gut und wusste, dass in unsere Familie viel gesungen wurde. Als mein jüngerer Bruder in die 5. Klasse kam und dem Lehrer klar machen wollte, dass er nicht wirklich gut singen kann, meinte dieser nur: „Du bisch a Miehlich, du kasch singe!" Aso musste mein Bruder in den Schulchor. Nach einigen Wochen musste aber auch der Chorleiter einsehen, dass das mit dem Singen doch nicht so gut klappte, und mein Bruder wurde von der Teilnahme am Schulchor befreit.

Dr Strampler

Aline Groß erzählt:

Mir hen amol en Lehrer ghet, der hot emmer Kniebundhosa azoga, mir hen no gsagt, des sen Strampelhosa, ond no hot er sein Schempfnoma ghet: „Strampler". Der hot zudem emmer a bissle o'ordentlich ausgseha ond bald isch a Gedicht romganga: „Morgens, wenn es acht Uhr bembelt, kommt der Strampler angerempelt, o'gwäscha, o'kämmt ond der Rotz am Backa hängt." Ob er dös erfahra hot, woiß i nemme; 's isch scho a bissle arg lang her, aber em hentersta Eck vo meim Hirnkästle ist des wieder ufftaucht.

Ursache und Wirkung

Barbara Illguth gibt dieses Erlebnis zum Besten:

Zwei Schüler hatten sich gestritten, einer war hingefallen. Wir Lehrer versuchten den „Fall“ zu klären und nahmen uns den Schuldigen vor. Nach vielen Ausflüchten gestand er: „Gschuckt han i den scho, aber gfalla isch er ganz alloi!“

Domm ond gscheit

Dieser Spruch kommt von einer Leserin aus Waiblingen:

Ein Vater sagte einmal zu seinem Sohn, der aufs Gymnasium ging: „O Bua, des wird dir au amol domm vorkomma, wenn de gscheit wirsch!“

Der Traumberuf

Siegfried Binder aus Holzgerlingen kennt den Traumberuf vieler Schwaben:
Sonndichs Lehrer ond werdichs Pfarrer.

Stehlen verboten!

Christa Bransby steuert diesen Text bei:

Mit seine Kleine schwätzt dr Lehrer
vom Steahle, und ’r warnet ’s recht:
Se solle jô sich net vergreife
am fremde Sach, sonscht gangs ’n schlecht.
Und tät ma’ oin au net vertwische –
Gar nie därf ois u’ehrlich sei,
dees sei a Sünd vorm liebe Herrgott,
der lass koin Dieb in Himmel nei.
Und weil dr Lehrer grad de Fritzle
So gspässig a’guckt, schreit der glei:
„Herr Lehrer, moischt denn, i tät steahle?
Bei uns wohnt jô dr Bollezei!“

Die befreundete Leiche

Von Dieter Illg stammen diese Zeilen:

Eine Beerdigung war ja häufig auch eine Möglichkeit, Menschen zu treffen, auch weitläufige Verwandte, die man sonst nur sehr selten sah. So kamen auch Kinder oft zu dem Vergnügen, mit gleichaltrigen Cousins/Cousinen usw. spielen zu können, ganz besonders beim anschließenden „Leichenschmaus“. Als Lehrer in Schafhausen bekam mein Vater folgende Entschuldigung für das Fernbleiben eines Kindes vom Unterricht zu hören (die Mutter versuchte, das auf Hochdeutsch zu formulieren): „Ich bitte, das Fehlen von Margret zu entschuldigen. Wir waren bei einer befreundeten Leiche und ich wollte dem Kind die Freude nicht nehmen.“

sget

„Meine Kusine, eine waschechte Schwäbin, erzählte mir eine lustige Geschichte bezüglich der früheren Zeugnisnoten“, schreibt Inge Bachner aus Mühlacker:

Wenn die Lehrerin der zweiten Grundschulklasse die Note „sehr gut“ ins Zeugnis schreiben wollte, kürzte sie diese Note immer mit dem Vermerk „s.gt“ ab. Nach der Zeugnisausgabe machten sich damals meine Kusine und sie gemeinsam auf den Heimweg. Plötzlich fing die Freundin an zu weinen. Als meine Kusine sie nach dem Grund fragte, antwortete sie: „Jetzt han i jeden Tag mit meiner Mutter Diktat geübt und die Lehrerin schreibt mir ins Zeugnis nur „sget“.

FÜR DEN AUSFLUG BRAUCH ICH NOCH DIE UNTERSCHRIFT DER ELTERN!
FERTIG!
FERTIG!
FERTIG!
FERTIG!

Der erhitzte Lehrer

Verse von Hermann Schiek aus Urbach:

Dr Franz, der gautscht am Gartadoor,
em Nochbr kommt des komisch vor.
Wia, hoscht du koi Schual hait, Franz?
Noi, Nochbr, mir hend Hitzvakanz.
Was? Hitzvakanz em Februar?
Dui Sach', dui isch mr et ganz klar.
Ha' doch, 's isch au a bsondra Gand,
dr Lehrer, der hot 40 Grad.

Zum Sonderschullehrer reicht's

Mechthild Schmid aus Stuttgart berichtet von einem Sonderschullehrer, der folgende Begebenheit erzählte:

Das Fritzle wurde mit 14 Jahren aus der Sonderschule, die er mit Mühe durchlaufen hatte, entlassen. Die Mutter wurde zu einer Besprechung eingeladen, um in die planenden Überlegungen für eine infrage kommende Berufsausbildung mit eingebunden zu werden. Es kam zu folgendem Dialog: „Frau B., wie könnten Sie sich vorstellen, wie es bei Ihrem Fritzle weitergehen könnte?"
„Oh, Herr Lehrer, do han i mir au scho Gedanka gmacht. I glaub, zum Lehrer wird's nicht reicha, aber zom Sonderschullehrer dät's vielleicht langa."

Schwarze Wärgele

Roland Magenau aus Marbach am Neckar und Marlies Fessler aus Mühlacker verweisen auf dieses Kendergöschle-Gedicht:

Heit hot dr Professor Naturlehr durchgnomma
ond er isch grad zu sellem Kapitele komma,
dass aus dr Reibong a Wärme entstoht.
'sSchdadtpfarrers Lisa, wia's oft so goaht,
verstoht's bloß halber ond frogt nacher glei
drhoim ihren Vadder, wie des Ding denn sei.
Der b'sennt sich ond secht:
Reib amol schnell fescht gegeneinander mit doine zwoi Hend.
Was gibt's no drzwischedrenna?
Schnell reibt se ond wie se d'Hend wieder uff-macht, kommt se schier gar in Verlegeheit:
„Do geit's schwarze Wärgele", hot se gsait.

Traubenkuchen

Gabi Schlewek erzählt:

Neulich gab es nach dem Unterricht im Lehrerzimmer eine nette Diskussion zwischen zwei Kollegen. Er, eingefleischter Schwabe, sie aus Düsseldorf. Die beiden hatten anlässlich ihres Geburtstages zu Kaffee und Kuchen eingeladen. Bei der Diskussion, welche Kuchen es gibt und wer den besten Kuchen backen kann, kam das Gespräch auch auf das Obst, das dieses Jahr dem späten Frosteinbruch zum Opfer gefallen war. Dabei meinte meine Kollegin: „Ja, die Johannisbeeren sind trotzdem gewachsen." Allerdings hätte sie das Pech gehabt, dass die Vögel schneller waren, da sie alle Johannisbeeren gefressen hätten. Darauf sagte mein Kollege, er habe Glück gehabt „ond viele Gläser Gsälz ond no an Treibleskucha daraus gemacht". Meine Kollegin lachte schallend und meint: „Träubleskuchen? Da stell ich mir einen Kuchen vor, der mit Trauben gebacken wurde. Schließlich würden wir Schwaben ja immer alles verniedlichen. Und Träuble wären dann ja kleine Trauben ... Die anschließende Diskussion über die schwäbische Verkleinerungsform „le" war hitzig und lustig.

I möcht wieder emol e Lausbue sei

Um Kinder- und Schülerträume geht es in diesem bekannten Gedicht von Mundartdichter Werner Veit. Ein schöner Abschluss der gesammelten Schulerinnerungen:

I möcht wieder emol e Lausbue sei
und meine Schulfreund wäred dabei.
Da däd i mit ihne Indianerles spiele,
und mit'eme Pfeil nach de Spatze ziele.
I möcht wieder ooreife Äpfel essa,
am Abêê draußa Karl-May Biicher läse,
und in der Küche d'Schüssle ausschlegge,
dr Großmudder ihr Gebiss verstegge.
Bei allem Blödsinn wär i drbei.
I möcht wieder emol e Lausbua sei.

I möcht wieder emol baarfuß laufe,
und mir für zehn Pfennig Bäredregg kaufe,
uf's Nachbars Baum drobâ Kirsche stänze,
in der Schul de Onterricht schwänze.
I möcht mi wieder am Necker rumdrigge,
em Damebad durch d'Aschtlöcher spigge.
I möcht e mol wieder d'Hoose verreiße.
I möcht emol wieder ins Bett nei sch...pringe.
Bei ällem Blödsinn wär i drbei,
I möcht wieder emol e Lausbue sei.

I möcht mol wieder mit Rossbolle schmeiße,
de Maiekäfer de Kopf â'beiße,
de Katz' vo unserer Tante hente
e Luftballon an de Schwanz na binde.
I möcht zu meim Bäsle „Lumbedier" sage,
i möcht ihr de Leib verschlage,
dr ganz Gschichtsunderricht verhunze
und em Herr Lehrer in Hut nei bro...
Bei allem Blödsinn wär i drbei
I möcht wieder emol e Lausbue sei.

I möcht emol wieder im Räge rumwaade,
und meine Fieß im Gilleloch baade,
d'Schlüssellöcher an unserer Schulhausdiire
inne und auße mit Leim verschmiere.
Mei Matrose-Bliesle â'ziege
und domit in frische Kuhdreck neifliege.
De Nochbers Fritz an de Leffel fasse,
z'erscht hoochheebe und no blotze lasse,
oder es könnt au en anderer sei –
do wär i als Lausbue wieder drbei.

Eins aber – da dürft ihr mi net auslache:
Eins möcht i als Lausbueb doch nimmer mache:
Mei Mueder,die möcht i nemme so plooge,
do wär i gwiss nimmer oogezoge:
I däd ihre helfe, ihr Wäsch ufhänge,
I däd ihr dia Kohla vom Keller raufbrenge,
Un wenn sie was saage däd, no däd i sprenge.
Am Geburtsdag – Mutterdag möcht i si au
beschäre,
do däd i eifach mei Sparbichsle läre,
nonder zum Apotheker laufe und für fuffzich
Pfennig e Handcrem kaufe.

Und frogt si mi naa: „Für wen isch denn das, Kind?“
No sag i: „Für deine abgschaffte Händ.“
„Komm, Mamma, jetzt wolle mer's glei probiere“,
no däd I ihr d'Händ mit Hautcrem eischmiere.
„Und deshalb! Nicht wäge dem Blödsinn allei –
möcht' i emol wieder e Lausbue sei“.

Bibliografische Information der Deutschen Nationalbibliothek.
Die Deutsche Nationalbibliothek verzeichnet diese Publikation in der Deutschen Nationalbibliografie; detaillierte bibliografische Daten sind im Internet über http://www.dnb.ddb.de abrufbar.

ISBN 978-3-7630-2802-3

Redaktion: Jan Sellner (StN); Dirk Zimmermann
Illustrationen: Peter Ruge
Gestaltungskonzept: Buchherstellung Ulrich Dotzauer, Stuttgart
Gesamtherstellung: Print Consult, München

FSC www.fsc.org
MIX
Papier aus verantwortungsvollen Quellen
FSC® C084279

Die Serie „Auf gut Schwäbisch" erscheint in den Stuttgarter Nachrichten und ihren Partnerzeitungen.

Alles drin, näher dran
STUTTGARTER NACHRICHTEN

Backnanger Kreiszeitung
Murrhardter Zeitung
KREISZEITUNG Böblinger Bote
FELLBACHER ZEITUNG
GÄUBOTE
Nürtinger Zeitung
MÜHLACKER TAGBLATT
KORNWESTHEIMER ZEITUNG
Rems-Zeitung
SCHORNDORFER NACHRICHTEN
VAIHINGER KREISZEITUNG
MARBACHER ZEITUNG BOTTWARTAL BOTE
WAIBLINGER KREISZEITUNG
Wendlinger Zeitung
WELZHEIMER ZEITUNG
SZ BZ Sindelfinger Zeitung
Winnender Zeitung
SZ BZ Sindelfinger Zeitung Böblinger Zeitung